DZIENNIK
CWANIACZKA
DROGA
PRZEZ MĘKĘ

WKRÓTCE:

Jeszcze więcej cwaniaczka!

DZIENNIK
CWANIACZKA
DROGA
PRZEZ MĘKĘ

Jeff Kinney

Tłumaczenie
Joanna Wajs

Nasza Księgarnia

DLA PRANAVA

CZERWIEC

Piątek

Jeśli bycie dzieckiem czegokolwiek mnie nauczyło, to tego, że dziecko ma ZERO kontroli nad własnym życiem.

Od zakończenia roku szkolnego nie musiałem NIC robić ani DONIKĄD chodzić. Klima szumiała, w pilocie były baterie, a ja się szykowałem na wakacyjny relaks.

Ale wtedy, ni z gruszki, ni z pietruszki, nastąpiło TO:

Już WCZEŚNIEJ mamie zdarzało się wyskoczyć z wyjazdem bez żadnego ostrzeżenia. W zeszłym roku w pierwszym dniu lata oświadczyła, że zrobimy sobie kilkudniowy wypad na północ i odwiedzimy ciocię Lorettę w domu spokojnej starości.

Delikatnie mówiąc, miałem inną wizję wystrzałowego początku wakacji. Podczas jednej z naszych poprzednich wizyt u cioci Loretty jej koleżanka z pokoju złapała mnie i nie chciała puścić. Byłem zakładnikiem, dopóki kobieta z obsługi nie przekupiła porywaczki muffinem z kawałkami czekolady.

Mama jednak blefowała z tym domem spokojnej starości. Następnego dnia przy śniadaniu powiedziała nam, dokąd NAPRAWDĘ się wybieramy.

Ja i Rodrick byliśmy zadowoleni, bo przerażała nas
myśl o spędzeniu pierwszego tygodnia wakacji
na grach i zabawach w domu opieki.

Ale kiedy mój młodszy braciszek Manny usłyszał
o zmianie planów, dostał SZAŁU. Mama tak nam
zachwalała urlop ze staruszkami, że dzieciak
NA MAKSA się podjarał.

Musieliśmy ZREZYGNOWAĆ z parku rozrywki
i pojechać do cioci Loretty. Cóż, najwyraźniej mama
NIC wtedy nie zrozumiała, bo dalej trzymają się
jej żarciki.

ŚLIZG

Wiem DOKŁADNIE, jak wpadła na pomysł z wyprawą
samochodową, ponieważ dzisiaj razem z pocztą
dostaliśmy nowy numer „Radosnej Rodzinki".

Myślę, że mama jakieś 90% wszystkich swoich
sposobów na „rodzinne" spędzanie czasu bierze z tego
czasopisma. A gdy zobaczyłem najnowsze wydanie,
byłem pewny, że zaraz coś wymyśli.

Parę razy przekartkowałem „Radosną Rodzinkę"
i wiecie co? Na tych fotach ludzie rzeczywiście
wyglądają, jakby się świetnie bawili.

Przyszło lato! Czas rozpalić grilla
i schłodzić lemoniadę. Piękną
pogodę najlepiej uczcić, wrzucając
coś na ruszt! Skorzystaj z naszych
rad, a twoja rodzina przeżyje
niezapomniany dzień!

Cóż, z NASZĄ rodziną musi być coś niehalo, bo nigdy nie jesteśmy w stanie sprostać standardom prasy kolorowej.

Ale mama najwyraźniej jeszcze się nie poddaje. Powiedziała, że wyprawa samochodowa będzie cudownym przeżyciem i że czas wspólnie spędzony w aucie „zbliży nas do siebie".

Próbowałem ją namówić, żebyśmy zrobili coś NORMALNEGO, na przykład pojechali do parku wodnego, ona jednak nie chciała o tym słyszeć.

Oświadczyła, że tu chodzi o zupełnie nowe
i „autentyczne" doznania.

Myślałem, że tata bierze udział w tym spisku,
ale chyba się pomyliłem. Bo kiedy wrócił do domu,
wyglądał na tak samo zaskoczonego jak my.

Stwierdził, że ma teraz dużo pracy i nie chciałby brać
urlopu, jeśli to nie jest ABSOLUTNIE konieczne.
Na co mama odparła, że nic nie może być ważniejsze
od spędzania czasu z najbliższymi.

Wtedy tata wyznał, że tak naprawdę chciał
w końcu popływać ŁODZIĄ w ten weekend
i że jeśli pojedziemy na wyprawę samochodową,
z jego planów nici.

Moi rodzice na ogół nieźle się dogadują, ale jest jedna
rzecz, o którą ciągle wybuchają awantury. Łódka.

Parę lat temu mama posłała tatę po mleko, a on po
drodze wypatrzył łódź na sprzedaż w czyimś ogródku.
I nim zdążyliśmy policzyć do pięciu, łajba już stała
na naszym podjeździe.

Mama się wściekła, że tata nie zapytał jej o zdanie,
bo z taką łodzią jest kupa roboty.

On jednak powiedział, że zawsze marzył o własnej łódce i że teraz co weekend możemy sobie urządzać rodzinne rejsy.

No więc w końcu POSTAWIŁ NA SWOIM. Wyglądał na bardzo szczęśliwego, ale jego radość nie trwała długo.

Kilka dni później do naszych drzwi zapukali ludzie z rady osiedlowej.

Oznajmili, że w tej okolicy nie wolno trzymać łodzi przed domem i że tata musi przenieść łajbę na tyły.

Łódka kiblowała za domem przez całe lato, ponieważ tata był zapracowany i nie miał czasu, żeby się nią zająć. A gdy przyszła jesień, jeden z kolegów z biura powiedział mu, że powinien zabezpieczyć łódź przed MROZEM.

Tata jednak policzył, że poszłoby na to WIĘCEJ kasy, niż wydał na samą łódkę, więc postanowił zaryzykować. No i oczywiście już dwa tygodnie później, kiedy temperatura spadła poniżej zera, w kadłubie zrobiła się duża szczelina.

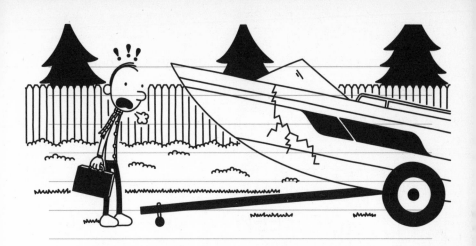

Po pierwszym śniegu tata przepchnął łódź pod werandę, żeby jakoś przezimowała. A na wiosnę mama zaczęła upychać na pokładzie różne niepotrzebne rupiecie.

Następnego lata tata uznał, że najwyższy czas naprawić uszkodzenia.

Ale kiedy próbował wyciągnąć łódkę spod werandy, odkrył rodzinę szopów praczy, która zamieszkała w naszej starej pralce.

Tata chciał wezwać kogoś, kto wykurzyłby szopy, gdy jednak usłyszał, ILE to będzie kosztowało, zdecydował, że sam sobie poradzi.

Niestety Manny zdążył się już dowiedzieć o słodkich małych szopiątkach żyjących w naszej pralce i mama musiała interweniować.

Łódka została na swoim miejscu. Od dawna nie słyszałem żadnego tupania pod werandą, więc szopy pewnie w końcu się wyprowadziły.

Dziś mama stwierdziła, że tata ma przecież całe lato, by zająć się swoją łodzią. I to zamknęło temat.

Skoro mieliśmy wyruszyć w drogę bladym świtem, trzeba było zacząć się pakować. Mama oznajmiła, że zabieramy „tylko niezbędne rzeczy", absolutne minimum, żeby wszystko zmieściło się do samochodu.

Gdy jednak zgromadziliśmy te niezbędne rzeczy na podjeździe, zrozumieliśmy, że jest mały problem.

Mama przejrzała nasz bagaż. Podzieliła graty na dwie sterty, odrzucając to, co uznała za niepotrzebne. Rodrick nie był zachwycony, kiedy wywaliła część jego „absolutnego minimum".

Mnóstwo drobiazgów z mojej listy również nie przeszło weryfikacji, co woła o pomstę do nieba, zważywszy że na rodzinną przejażdżkę załapał się na przykład nocnik Manny'ego.

Jeśli tylko podróż ma trwać dłużej niż piętnaście minut, zawsze zabieramy nocnik młodego, „tak na wszelki wypadek". I wiecie, co wam powiem? Czuję się dość nieswojo, gdy Manny go przy nas używa.

Mama nie zgodziła się też na żadne elektroniczne gadżety, choć wiadomo, że te rzeczy w ogóle nie zajmują miejsca.

Twierdzi, że dzisiejsza młodzież jest aspołeczna, bo siedzi z nosem w różnych ekranach.

Ale powiem wam jedno: kiedy ja będę miał dzieci, pozwolę im się bawić gadżetami, ILE WLEZIE. Moim zdaniem elektronika to solidna podstawa rodzinnego szczęścia.

Choć mama obejrzała każdą rzecz z osobna i zaopiniowała negatywnie całą masę klamotów, NADAL nie mogliśmy zapakować się do vana.

Zasugerowałem, że powinniśmy wynająć jeden z tych ogromnych samochodów turystycznych, bo wtedy pomieścilibyśmy wszystkie nasze rzeczy. No i nie musielibyśmy gnieść się na kupie.

Sposobem na to, żebyśmy się nie kłócili, jest zapewnienie każdemu odrobiny prywatności.

A w jednym z tych podrasowanych wozów kempingowych moglibyśmy spędzić TYGODNIE i nawet się nie spotkać.

Mama oświadczyła jednak, że te wozy są bardzo drogie, a w dodatku potwornie żrą paliwo. To ucięło dyskusję.

Rodrick zaproponował, żebyśmy w takim razie wynajęli PRZYCZEPĘ, co zabrzmiało całkiem sensownie.

Było jednak jasne, że mój brat wyobraża sobie tę przyczepę jako megawypasioną JEDYNKĘ na kółkach, więc jego pomysł także nie przeszedł.

Wtedy tata doznał nagle OLŚNIENIA. Powiedział, że wszystko, co nie zmieściło się w vanie, możemy wrzucić do ŁODZI i pociągnąć za sobą.

Mama chyba doszła do wniosku, że nie ma innego wyjścia, bo wreszcie ustąpiła. Ale przepchnięcie łodzi na podjazd nie było bułką z masłem.

Gdy opróżniliśmy pokład z rupieci, odkryliśmy,
że przez dno łajby przebiło się DRZEWO. Wydobycie
łódki spod werandy zabrało nam trzy godziny, a mama,
oględnie mówiąc, nie rwała się do pomocy.

Po tym jak łódź wylądowała na podjeździe, tata
zakleił dziurę w dnie i pęknięcie w kadłubie taśmą
izolacyjną.

Cóż, mam tylko nadzieję, że podczas tej podróży
będziemy się trzymać z daleka od wody.

Bo o ile wiem, żadnych kół ratunkowych nie było
w pakiecie.

Sobota

Choć dzięki łodzi zyskaliśmy trochę miejsca na graty,
i tak zapełniliśmy auto aż pod sufit. W ostatniej
chwili przemyciłem do vana poduszkę, wychodząc
z założenia, że należy mi się choć SZCZYPTA luksusu.

Byłem pewny, że Rodrick zechce zająć miejscówkę
z tyłu. Gdy tylko jedziemy dokądś całą rodziną, on lubi
się wyciągnąć i uciąć sobie drzemkę.

Od czasu do czasu zdarza nam się zapomnieć,
że w ogóle z nami jest.

Podczas ostatniej Wielkanocy przeszliśmy już połowę drogi do kościoła, kiedy mama zdała sobie sprawę, że Rodrick wcale nie wyszedł z auta.

W czasach, gdy mieliśmy jeszcze kombi, ja i Rodrick zawsze siedzieliśmy RAZEM tuż przy tylnej szybie. Doigraliśmy się jednak, kiedy pozwoliliśmy sobie na niewinny żart i wóz zatrzymała policja.

Gdy tylko dziś rano zapakowaliśmy się do vana, Rodrick zaproponował mi miejsce z tyłu.

Zgodziłem się natychmiast, żeby nie zmienił zdania, choć powinienem był zwęszyć podstęp.

Zanim opuściliśmy podjazd, mama powiedziała, że będzie nam towarzyszył „wyjątkowy" pasażer. A ja totalnie się podłamałem, bo dodatkowy CZŁOWIEK w aucie musiałby chyba siedzieć na dachu.

Ale wtedy ona otworzyła torebkę i wyciągnęła z niej jakiś obrazek.

Rysunek przedstawiał Spłaszczonego Stasia, postać z książki, którą czytałem w drugiej klasie.

Spłaszczony Staś to chłopiec po przejściach.
Zgniotła go tablica do przyczepiania karteczek, która spadła w środku nocy ze ściany w jego sypialni.

A kiedy dzieciaka wreszcie spod niej wyciągnęli, okazało się, że jest zupełnie płaski.

Wtedy sądziłem, że to kapitalne – móc jak Spłaszczony Staś złożyć się w kostkę i wysłać babci zamiast listu albo podczas zabawy z bratem udawać latawiec.

Tylko wiecie co? Gdyby Spłaszczony Staś miał za brata RODRICKA, zaręczam wam, że nie przetrwałby nawet jednego dnia.

Naprawdę lubiłem tę książkę, choć trochę mnie też przerażała. W każdym razie to przez nią zacząłem świrować na widok tablic do przyczepiania karteczek.

W drugiej klasie wszyscy musieli wyciąć z papieru i pokolorować Spłaszczonego Stasia, a potem wysłać go koledze albo komuś z rodziny.

Z kolei ta osoba miała za zadanie sfotografować Spłaszczonego Stasia obok czegoś interesującego i odesłać nadawcy listu razem z fajnym zdjęciem.

Mój kumpel Rowley wysłał Stasia całej masie krewnych i dostał od nich mnóstwo świetnych fotek. Jego płaszczak poleciał nawet do wujka Rowleya, który mieszka w Azji, i zapozował na tle Wielkiego Muru Chińskiego.

Cóż, MOJEGO Spłaszczonego Stasia mama wysłała do swojej kuzynki Stacey z Seattle. Ale to raczej nie był najlepszy wybór.

Stacey jest nałogową zbieraczką, która wszystko upycha po kątach, na przykład gazety i czasopisma. No więc było do przewidzenia, że gdy położy łapska na Stasiu, biedak źle skończy.

Dziś mama oświadczyła, że będzie fotografować naszego nowego Spłaszczonego Stasia we wszystkich niezwykłych miejscach, jakie odwiedzimy, a zdjęcia wklei do albumu z podróży. Gdy tylko wjechaliśmy na autostradę, zaczęła pstrykać fotki. Ale chyba powinna była trochę przystopować, bo jej pierwsze ujęcia, prawdę mówiąc, nie urywały głowy.

Kiedy mama odrywała się na moment od aparatu, przyczepiała Spłaszczonego Stasia do kratki klimatyzatora. Cóż, ja podróżowałem w dużo gorszych warunkach. Van nie ma z tyłu otwieranych okien, a otwory nawiewu były przygniecione przez bagaże, czyli W OGÓLE nie mogłem liczyć na chłodne powietrze.

Jeszcze BARDZIEJ martwił mnie fakt, że to mama jest szefem wycieczki. Dla niej wszystko musi być „edukacyjne", więc wiedziałem, że spróbuje zmienić tę wyprawę w niekończącą się lekcję.

Robi tak zresztą, odkąd byłem mały. Pamiętam, jak kiedyś podrapał mnie kocur babci, a ona uznała, że powinienem wynieść z tego doświadczenia coś „pouczającego".

No i wykrakałem. Już po półgodzinie mama zaczęła wyjeżdżać z materiałami dydaktycznymi.

Pokazała nam wypożyczony z biblioteki zestaw CD z podręcznikiem do hiszpańskiego i obwieściła, że wykorzystamy czas w samochodzie na wspólną naukę nowego języka.

Mama zawsze powtarza, że poznawanie języków obcych jest najlepszą gimnastyką dla umysłu. Może to i prawda, co nie zmienia faktu, że nauczanie powinna zostawić NAUCZYCIELOM.

Dawno temu uznała, że muszę jak najwcześniej oswoić się z drugim językiem, więc już w pierwszej klasie oglądałem przy śniadaniu hiszpańskie kanały.

Mama powtarzała wszystko, co mówili goście w telewizji, ale JEJ wymowa pozostawiała nieco do życzenia.

Właśnie w ten sposób wielu hiszpańskich zwrotów nauczyłem się z błędami. Na przykład „Jak się nazywasz?" to W RZECZYWISTOŚCI „¿Cómo te llamas?". No cóż. Dowiedziałem się tego dopiero w gimnazjum.

Gdy byłem mały, mama mnie przekonywała, że „Jak się nazywasz?" to „Te amo", co W RZECZYWISTOŚCI znaczy „Kocham cię". Wierzcie mi, wolałbym to wiedzieć, zanim wyznałem miłość całej zgrai ludzi.

Dziś mama puściła nam dwie pierwsze płyty, ale trochę się zniechęciła, bo nikt nie słuchał. No więc zmieniła taktykę i oświadczyła, że zagramy w grę podróżną, o której przeczytała w swoim czasopiśmie.

Gra nosi nazwę Smaczny Alfabet i chodzi w niej o coś takiego: pierwszy gracz podaje nazwę artykułu spożywczego na literę A, drugi – na literę B i tak dalej.

Jeśli któryś gracz nie potrafi NIC wymyślić, odpada.

Mama kazała mi zaczynać. Powiedziałem: „Awokado", co chyba było dosyć oczywiste. Po mnie miał mówić Rodrick, ale oznajmił, że nie przychodzi mu do głowy żadne żarcie na B.

Jestem niemal pewny, że zmyślał i że chciał po prostu wykręcić się od zabawy. Chociaż z nim to nigdy nie wiadomo.

HMMM...

Kiedy Rodrick odpadł z gry, przyszła kolej Manny'ego.
Jemu zadanie nie sprawiło najmniejszych trudności.

Mama zaczęła klaskać, więc zwróciłem jej uwagę,
że „babokado" to nie jest żadne słowo. Na co ona
odparowała, że Manny dopiero uczy się alfabetu
i że musimy go „wspierać".

Oburzony tą niesprawiedliwością, zrezygnowałem
z gry, toteż dalej bawili się sami. Żałowałem, że moje
zatyczki do uszu wylądowały w worku marynarskim
pod wielką górą toreb, bo następne półtorej godziny
okazało się dość bolesne.

Przez całe to gadanie o żarciu zrobiłem się głodny i kiedy zobaczyłem szyld baru dla zmotoryzowanych, poprosiłem mamę, żebyśmy tam zajechali. Ale ona odpowiedziała, że nie będziemy nic kupować w „TAKICH miejscach", bo nie podają w nich „prawdziwego jedzenia".

Dodała, że bary szybkiej obsługi mamią dzieci tanimi plastikowymi zabawkami, żeby podstępnie je uzależnić od cukrów i tłuszczy, i że my nie damy się wciągnąć w tę pułapkę. Oświadczyła, że ma dla nas coś O WIELE lepszego, i podała mi papierową torebkę na lunch z wypisanym moim imieniem.

Mama wyjaśniła, że pomysł Maminego Menu podsunęła jej „Radosna Rodzinka". No tak, to było do przewidzenia.

W torebce znalazłem kanapkę z tuńczykiem, pomarańczę, kartonik mleka i coś w folii aluminiowej.

Usłyszałem, że najpierw mam zjeść owoc, a to w środku będzie moją „nagrodą".

Szkoda jednak, że nie rozerwałem folii od razu. Nie zjadłbym całej pomarańczy, gdybym wiedział, że wygram komplet fiszek do samodzielnej nauki matematyki.

Kiedy Rodrick TEŻ trafił na fiszki w swoim lunchu, zrozumieliśmy, co się święci. No więc żeby uniknąć kolejnej godziny zielonej szkoły, szybko sięgnąłem po jedną z gier, które mama zapakowała do dużej torby z uszami.

Gra, którą wyciągnąłem, nosiła nazwę Muszę Wam Wyznać. A gdy mama ją zobaczyła, z przejęcia całkiem zapomniała o fiszkach.

Zasady okazały się bardzo proste: każdy po kolei brał kartę i czytał na głos to, co było na niej napisane.

Muszę wam wyznać...

...ŻE POZNAŁEM SŁAWNĄ OSOBĘ.

Jeśli któryś z graczy dokonał w swoim życiu rzeczy opisanej na karcie, zdobywał punkt. A wygrywał ten, kto pierwszy uzbierał ich dziesięć.

Z początku byłem nieco sceptyczny, ale przyznaję, że bawiłem się NIE najgorzej. Poznałem fakty z przeszłości rodziców, o których dotąd nie miałem pojęcia.

Odkryłem na przykład, że tata miał w dzieciństwie oswojonego kameleona i że mama w młodości ufarbowała się raz na blond. No odlot.

Wyobraźcie sobie, że nawet RODRICK włączył się do zabawy. Pierwszy punkt dostał za to, że spędził noc w kolejce po bilet na koncert, a DRUGI za robaka, który utknął mu w uchu. Co zresztą pamiętam, jakby to było wczoraj.

Tata i Rodrick szli łeb w łeb, obaj mieli już po dziewięć punktów i polowali na dziesiąty, który zapewniał zwycięstwo. Mama wyglądała na bardzo szczęśliwą, bo wszyscy byliśmy w świetnych humorach.

Wyciągnęła więc następną kartę i głośno przeczytała:

Chyba nie przypuszczała, że ktoś otrzyma punkt za tę kartę, bo już chciała przejść do kolejnej, gdy nagle Rodrick zaczął szaleć, jakby zgarnął nagrodę w totku.

Mama była przekonana, że Rodrick oszukuje, aby zdobyć punkt, lecz on zapewnił ją, że zrobił to NAPRAWDĘ. Podobno parę miesięcy temu razem z kumplami z kapeli owinął papierem toaletowym dom naszej sąsiadki, pani Tuttle, po tym jak poskarżyła się policjantom na hałas podczas prób zespołu.

Rodrick uznał tę historię za ogromnie śmieszną, mama jednak wcale nie wyglądała na rozbawioną.

Na miejscu mojego brata błyskawicznie zmieniłbym
wersję wydarzeń i odparł, że tak sobie tylko
zażartowałem, żeby wygrać. Ale Rodrick nie
skorzystał z ostatniej deski ratunku.

NIEZUPEŁNIE,
BYŁO NAS
CZTERECH!

Mama kazała tacie zjechać na pobocze, a potem
wręczyła Rodrickowi telefon i poleciła mu przeprosić
panią Tuttle, co było okropnie krępujące dla
wszystkich w samochodzie.

SORKI ZA TEN PAPIER
TOALETOWY...

...PSZE PANI.

W vanie zapadła niezręczna cisza. Mama już chciała
włączyć kolejne CD z nauką hiszpańskiego, ale na
szczęście Manny właśnie wtedy zasnął, więc nam
odpuściła.

Młody urządza prawdziwe piekło, jeśli przerwie mu się drzemkę. ŻADNYCH szans, żeby go wtedy uspokoić. Gdy zatem zapada w sen, rodzice dosłownie chodzą wokół niego NA PALCACH.

Kiedy byłem w wieku Manny'ego, też mogłem drzemać bez końca. Codziennie po lunchu musiałem pokimać przez godzinkę, a gdy poszedłem do przedszkola, mieliśmy tam wyznaczoną porę na leżakowanie, podczas którego każdy spał na swojej macie.

I wiecie co? Uważam, że leżakowanie powinno obowiązywać aż do uniwersytetu. Ale w tym kraju odbierają ci prawo do drzemki, kiedy opuszczasz przedszkole, a to prawdziwa ZAŁAMKA.

Pierwszego dnia w zerówce, po przerwie na lunch, zapytałem nauczycielkę, gdzie są maty do spania, żebyśmy mogli podładować baterie.

Ona jednak odparła, że uczniowie zerówki NIE leżakują, i z początku myślałem, że zwyczajnie mnie wkręca.

TAAA, JASNE!

Parę minut później cała klasa zajęła się robieniem pacynek z papierowych toreb. Najwyraźniej byłem jedynym niedoinformowanym, bo przez resztę zajęć inne dzieciaki zachowywały się zupełnie normalnie, podczas gdy ja padałem z nóg.

Dobrze przynajmniej, że mama nie zapomniała o cumlu. Póki Manny ma go w paszczy, potrafi przespać nawet trzęsienie ziemi. Wczoraj wieczorem młody zgubił swój ulubiony smoczek i tata poleciał po nowy do sklepu obok domu. Tylko że to był sklep ze śmiesznymi rzeczami.

Nowy smoczek Manny'ego wygląda może nieco nietypowo, ale działa bezbłędnie.

Młody spał w najlepsze przez jakąś godzinę, lecz w końcu musieliśmy się zatrzymać przy bramce. Tata opuścił szybę, żeby zapłacić za przejazd, a wtedy koleś od wydawania biletów ryknął, jakby miał MEGAFON:

Manny od razu zaczął marudzić i smoczek prawie
wypadł mu z buzi. Na szczęście Rodrick wykazał się
przytomnością umysłu i smarkacz znowu zasnął.

Mama chyba była nieco zdołowana tym, że Manny
ciągle śpi. Choć zaznaczyła mnóstwo atrakcji
turystycznych na swojej mapie, teraz
musieliśmy po prostu jechać przed siebie, żeby go
nie obudzić.

Co gorsza, ja już naprawdę potrzebowałem wyjść
z auta i rozprostować nogi, a NIE mogłem.

Próbowałem przyjąć jakąś wygodniejszą pozycję, ale z tymi wszystkimi tobołami dokoła to było niewykonalne.

Dobrze chociaż, że miałem pod ręką plecak, bo wrzuciłem tam parę książek i innych czasoumilaczy.

Mama wciąż mnie zmusza do czytania „wartościowych" rzeczy, ja jednak mam sprecyzowany gust literacki. Już od podstawówki moja ulubiona seria to „Porywacze gaci".

Bohaterami tych historyjek są Bryce i Brody, dzieciaki, które podróżują w czasie i kradną bieliznę sławnym ludziom, żeby potem oddać ją do muzeum.

Wiem, że to brzmi głupawo, ale daję słowo, ubaw jest po pachy.

I gdy tylko Van Gogh znów zajął się swoim arcydziełem, Bryce podwędził mu jego ulubione bokserki. Na szczęście były czyste.

Chłopaki z mojej szkoły kochają tę serię, ale nauczyciele szczerze jej NIENAWIDZĄ. Ze względu na „wulgarny humor".

Kiedy w piątej klasie pisaliśmy recenzje książek, wszyscy faceci opisywali „Porywaczy gaci". Przez co moja nauczycielka, pani Terry, znienawidziła te historie JESZCZE bardziej.

Pewnego razu cała klasa miała napisać list do ukochanego autora i oczywiście chłopcy wybrali Mika Daviesa.

Ale pani Terry powiedziała, że mamy poszukać kogoś INNEGO, no to sięgnąłem w bibliotece po pierwszą lepszą książkę i machnąłem list do pisarza, o którym nigdy wcześniej nie słyszałem.

30 marca

Drogi Nathanielu,

nauczycielka kazała nam napisać do autora, więc wybrałem Ciebie. Nie czytałem żadnej z Twoich książek (bez obrazy).

Oto pytania, które chcę Ci zadać:

1. Jaki jest Twój ulubiony kolor?

2. Jakie jest Twoje ulubione zwierzę?

3. Jakie są Twoje ulubione lody?

4. Jaki jest Twój ulubiony film o superbohaterze?

Byłbym zobowiązany, gdybyś odpowiedział szybko, bo to praca na ocenę.

Z poważaniem,

Greg Heffley

Coś mi się jednak zdaje, że zanim siadłem do listu,
powinienem był sprawdzić, w którym roku napisano
tę powieść.

20 maja

Szanowny Panie Heffley,

z żalem informuję, że autor, do którego Pan
się zwrócił, Nathaniel Hawthorne, nie żyje
od ponad stu lat.

W zaistniałej sytuacji nie będzie w stanie
odpowiedzieć na Pańskie pytania.

Z ubolewaniem,

Katrina Welker,
wydawca

Większość RODZICÓW też nie cierpi „Porywaczy
gaci".

W tym roku komitet rodzicielski obwieścił nawet, że pieniądze podatnika nie mogą być przeznaczane na zakup książek Mika Daviesa.

Kiedy wróciliśmy do szkoły po przerwie świątecznej, odkryliśmy, że wszystkie historie o porywaczach gaci ZNIKNĘŁY z biblioteki.

Cóż, mam nadzieję, że dorośli będą zadowoleni, gdy całe pokolenie chłopców popadnie w analfabetyzm.

Kiedy szkoła zdelegalizowała „Porywaczy gaci", ich popularność JESZCZE wzrosła. Niektóre dzieciaki przeszmuglowały swoje egzemplarze z domu i zaczęły je ROZPROWADZAĆ.

Pewien chłopak przyniósł nawet któryś tom po japońsku. Nie zrozumiałem ani jednego słowa, ale rzut oka na obrazki wystarczył, żeby się połapać.

W końcu postanowiłem, że napiszę do Mika Daviesa
z WŁASNEJ inicjatywy. Chciałem mu pokazać, jak
bardzo cenię jego twórczość.

---

18 sierpnia

Szanowny Panie Davies,

proszę nie słuchać tych, którzy mówią, że
Pańskie książki to dno. Oni nie mają pojęcia
o sztuce. Znam mnóstwo dzieciaków (nie
licząc samego siebie), które uważają, że
odwala Pan świetną robotę.

A co do „wulgarnego humoru", mnie tam on
śmieszy, więc nie trzeba niczego zmieniać.
W sumie to przydałoby się nawet WIĘCEJ
fizjologii i rzeczy w tym stylu. Niech się Pan
nie krępuje.

Z szacunkiem,

Greg Heffley

Nigdy wcześniej nie pisałem listu do idola, więc
każdego dnia po powrocie ze szkoły zaglądałem do
skrzynki, żeby sprawdzić, czy dostałem odpowiedź.

No a kiedy w końcu przyszła – prawie rok później –
totalnie się podjarałem.

Tylko że list od pisarza okazał się OGROMNYM
rozczarowaniem.

Drogi przyjacielu,

niestety otrzymuję zbyt wiele listów, by móc
odpisać na wszystkie.

Tymczasem jednak wypatruj w księgarniach
24 tomu mojej serii: „Porywacze gaci
i galoty Lincolna"!

Miłego
zrywania boków!

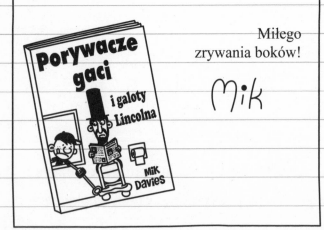

Nie mogłem w to uwierzyć. Otworzyłem serce przed tym człowiekiem, a w zamian dostałem REKLAMĘ.

Lecz choć cała ta historia pozostawiła po sobie pewien niesmak, nadal lubię jego książki.

Na szczęście JA w te wakacje mogę czytać, co CHCĘ. Bo szkoła Rodricka wcisnęła mu całą listę lektur obowiązkowych i niektóre z tych pozycji to jazda bez trzymanki.

Rodrick nie jest typem mola książkowego, więc wypożyczył EKRANIZACJE wszystkich powieści z listy.

Mama go ostrzegła, że nie należy oglądać filmu bez czytania książki, bo na ogół scenarzyści zmieniają masę rzeczy. Mój brat jednak oświadczył, że wystarczy mu ogólne rozeznanie.

Cóż, ta metoda ma pewne minusy. Na wakacyjnej liście Rodricka znalazła się powieść „Duma i uprzedzenie", a on w wypożyczalni niedokładnie przyjrzał się tytułowi.

Mój brat obejrzał film DWA razy i powiedział mamie, że ktokolwiek wymyślił tę historię, musiał być geniuszem. Coś mi się jednak zdaje, że nauczycielka Rodricka przeżyje lekki wstrząs, kiedy we wrześniu przeczyta jego wypracowanie.

Kiedy wreszcie odłożyłem książkę, naprawdę musiałem wysiąść z samochodu, tak zdrętwiały mi nogi.

Manny nadal spał, choć w tajemniczy sposób zdołał odwrócić się w swoim foteliku do góry nogami.

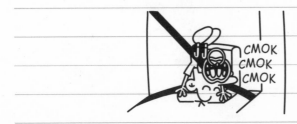

Gdy mama to zobaczyła, powiedziała tacie, że może starczy na dzisiaj, i na następnym zjeździe opuściliśmy autostradę.

Miałem nadzieję na wyżerkę w jakiejś sensownej knajpie, ale usłyszałem, że musimy oszczędzać i że kupimy sobie coś w spożywczaku.

Tata znalazł supermarket parę kilometrów od zjazdu, mama jednak uznała, że kiedy silnik zgaśnie, Manny się obudzi i urządzi scenę. No więc dała Rodrickowi listę zakupów i pieniądze, a potem tata podjechał naprawdę powoli do wejścia, żeby mój brat mógł wyskoczyć.

Musieliśmy zrobić z dziesięć kółek po parkingu, co nie było takie łatwe z łodzią na ogonie. Wreszcie Rodrick wyłonił się ze sklepu z dwiema papierowymi torbami. Wszystko wskazywało na to, że postanowił zadbać także o własne potrzeby.

Kiedy tata robił kolejne okrążenie, Rodrick wgramolił się do vana i zaczęliśmy szukać noclegu. Cóż, wybór miejscówek w tej okolicy nie powalał.

Niektóre miały wielkie napisy „Kolorowe TV", choć moim zdaniem w dzisiejszych czasach nie jest to jakiś szczególny powód do chluby.

Tata w końcu zatrzymał samochód pod motelem z klimatyzacją i basenem, co brzmiało nieźle, zwłaszcza że siedząc w aucie, wypociłem z siebie chyba ze dwa kilogramy.

Nie miałem okazji bywać w wielu motelach, ale na moje oko wybraliśmy raczej towar z dolnej półki.

W recepcji zalatywało pleśnią, a na dywanie przyuważyłem dziwne plamy.

Wszyscy byliśmy jednak zbyt wykończeni, żeby
wracać do auta i szukać innego noclegu.

Dostaliśmy klucz do pokoju, a kiedy weszliśmy
do środka, odrzucił nas smród dymu. W kołdrze
i poduszkach były małe dziurki, pewnie wypalone
żarem z papierosa.

Tata podniósł z podłogi ręcznik, po czym natychmiast
go puścił, ponieważ okazał się MOKRY.

Mama poszła z powrotem do recepcji i poprosiła o inny
pokój, ale usłyszała, że wzięliśmy ostatni.

A gdy powiedziała, że w takim razie chcemy się wyprowadzić, recepcjonistka nie oddała jej pieniędzy. Odparła, że w motelu obowiązuje klauzula anulowania rezerwacji z 24-godzinnym wyprzedzeniem.

Kiedy mama wróciła do pokoju, oznajmiła, że musimy zacisnąć zęby i zrobić dobrą minę do złej gry.
A potem razem z tatą rozebrała łóżko do gołego materaca.

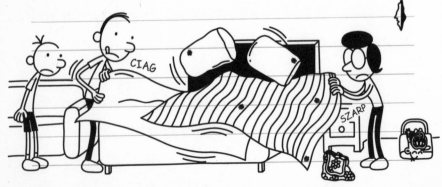

Wierzcie lub nie, ale Manny zdołał przespać to WSZYSTKO. Mama stwierdziła, że jeśli teraz się obudzi, nie zaśnie aż do rana, i że lepiej w ogóle go nie ruszać.

Po czym położyła młodego na dostawce dla dzieci i otuliła kocem.

Reszta rodziny była potwornie głodna, więc wysypaliśmy zawartość toreb sklepowych na łóżko. I wtedy się okazało, że Rodrick nie kupił NICZEGO z listy, którą dała mu mama.

Mój brat miał znaleźć w supermarkecie coś do kanapek, sok pomarańczowy i inne takie, lecz zamiast tego wrzucił do koszyka SWOJE ulubione żarcie.

Mama była bardzo zła na Rodricka, ale on zaczął się tłumaczyć, że nie mógł odczytać jej pisma. Na co ona odparła, że niepotrzebnie wziął mrożoną pizzę i surowe bułeczki cynamonowe, skoro NIE mamy tu piekarnika.

Rodrick jednak zauważył, że możemy wsadzić pizzę do MIKROFALI. I postanowił nam to udowodnić.

Cóż, ten głupek MYŚLAŁ, że to mikrofala, a tak naprawdę wepchnął pizzę do SEJFU. I zanim zrozumiał, co jest grane, zatrzasnął nam kolację.

Wtedy mama wręczyła mi resztę gotówki i powiedziała, żebym przyniósł z automatu na dole najbardziej wartościowe jedzenie, jakie uda mi się znaleźć.

W ten oto sposób pierwszy dzień naszej podróży zakończyliśmy, racząc się wafelkami i miętówkami odświeżającymi oddech.

Niedziela

Poprzedniego wieczoru nie mogliśmy oglądać telewizji ani w ogóle nic robić w pokoju, ponieważ Manny spał na dostawce.

Mama kazała nam nawet zgasić światło, więc przez jakiś czas wszyscy siedzieliśmy w ciemności, aż wreszcie ja i Rodrick postanowiliśmy przejść się na basen.

Cóż, autor napisu na motelu zapomniał dodać, że jest to basen BEZ wody.

Który w dodatku wyglądał na nieczynny
od PRZYNAJMNIEJ pięciu lat.

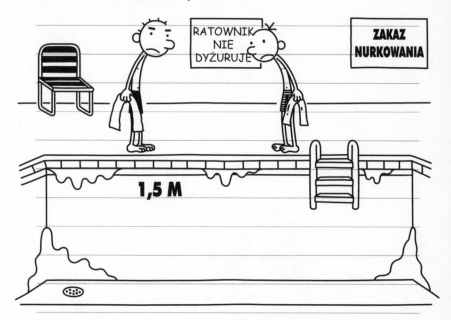

Obok basenu było jacuzzi Z WODĄ, ale już wpakowała
się do niego jakaś rodzina. No więc ja i Rodrick
zajęliśmy miejsce w kolejce.

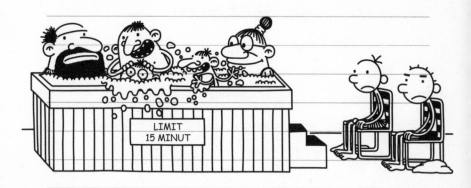

Ci ludzie jednak kompletnie nie chwytali aluzji
i w końcu zniechęceni wróciliśmy do pokoju.

Światła były zgaszone, mama i tata spali na samym
materacu. Chyba musieli być na maksa wymęczeni,
bo nawet się nie przebrali.

Centralnie na środku dostawki leżał Manny,
czyli dla mnie i Rodricka nie została żadna
sensowna opcja.

Zajrzeliśmy do szafy w poszukiwaniu polówki
albo materaca dmuchanego, ale nic tam takiego
nie było.

Rodrick jednak okazał się cwańszy. Zgarnął poduszki od dostawki i zrobił sobie barłóg na podłodze. Pięć minut później spał jak zabity.

Po namyśle uznałem, że szafa nadaje się do spania równie dobrze jak cokolwiek innego, więc przyniosłem z łazienki ręczniki i umościłem sobie legowisko.

Mniej więcej po minucie poczułem POTWORNY smród. Pomyślałem, że może jakaś mysz wykorkowała w wywietrzniku.

Próbowałem zatkać sobie nos znalezioną obok myjką, ale przez to cuch stał się jeszcze GORSZY.

Na domiar złego nagle rozległo się CHRAPANIE. Lecz na to akurat byłem przygotowany. KAŻDE z moich rodziców chrapie i właśnie dlatego zabrałem w podróż zatyczki do uszu.

W pokoju było jednak tak ciemno, że w worku marynarskim znalazłem tylko JEDNĄ zatyczkę. Musiałem postarać się zasnąć z prawym uchem przyciśniętym do podłogi.

Gdy wreszcie zdołałem na chwilę zmrużyć oko, zaraz mnie obudził okropny raban na korytarzu.

Kiedy spojrzałem przez wizjer, zobaczyłem, jak coś przemyka przed drzwiami. Nie miałem pojęcia, co to, no więc musiałem otworzyć.

To były dzieciaki z jacuzzi. Dorwały się do wózka sprzątaczki i jeździły nim od ściany do ściany.

Nie mogłem UWIERZYĆ, że rodzice tych smarkaczy pozwalają im wydziczać się w środku nocy.

Postanowiłem przemówić małolatom do rozumu.

Najmniejszy dzieciak zalał się łzami i pobiegł do swojego pokoju. Nie miałem bynajmniej wyrzutów sumienia. Ale zaraz potem drzwi znów się otworzyły i w progu stanął jego OJCIEC.

Z pewnością nie należało wrzeszczeć na dorosłego faceta w samych slipach, więc dałem chodu do naszego pokoju i zamknąłem za sobą zasuwę. Błagałem tylko w duchu, żeby wytrzymała.

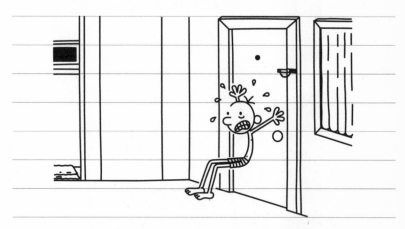

Dzieciaki tego gościa chyba nie zauważyły, gdzie się podziałem, bo koleś zaczął pukać do innych pokojów. A potem mu się znudziło i wrócił do siebie.

Upewniłem się, że teren jest czysty, i umieściłem na klamce od zewnątrz wywieszkę, na wypadek gdyby tamten facet jednak NIE odpuścił.

Po czymś takim NAPRAWDĘ trudno było zasnąć. Za każdym razem gdy słyszałem kogoś za drzwiami, wstrzymywałem oddech.

Nim się człowiek obejrzał, wstało słońce. No i Manny. Mama włączyła mu TV, a musicie wiedzieć, że kiedy on ogląda telewizję, GADA do ekranu.

Trochę się zeźliłem, że Manny nawija od świtu, ale w sumie nie miałem prawa narzekać. Sam tak robiłem we wczesnej młodości.

Pewnego razu oglądałem swój ulubiony pogram, gdy prowadzący show zadał pytanie:

Tylko się wygłupiałem, ale gość z TV naprawdę mi ODPOWIEDZIAŁ.

Lepiej byłoby dla mnie, gdyby to się w ogóle nie zdarzyło. Bo potem długo wierzyłem, że ci w telewizorze słyszą, co do nich mówię.

W dniu moich szóstych urodzin mama musiała przeprowadzić ze mną poważną rozmowę o różnicy pomiędzy „wymyślonymi" a „prawdziwymi" przyjaciółmi.

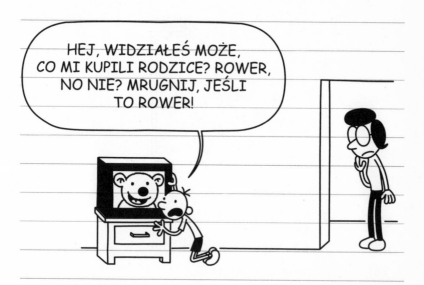

Gdy tylko Manny wdał się w dyskusję ze swoimi ulubionymi postaciami z TV, wiedziałem, że już nie zasnę, więc zwlokłem się z wyrka.

Kiedy to zrobiłem, wreszcie zlokalizowałem źródło paskudnego smrodu. Rodrick po prostu wstawił swoje buty do szafy, a ja przez całą noc wdychałem ich zapach.

Odkryłem zresztą coś jeszcze STRASZNIEJSZEGO.
Myjka, którą zatkałem sobie nos, była tak naprawdę
jedną z jego SKARPETEK.

A co do Rodricka, paplanina Manny'ego ani trochę
mu nie przeszkadzała. Spał jak kamień w całym tym
jazgocie.

Tata nieco się niecierpliwił, czekając, aż będziemy gotowi do dalszej drogi. Należy do tych gości, którzy zrywają się z łóżka o brzasku, żeby dotrzeć na czas do biura, więc nasze guzdralstwo działało mu na nerwy.

Wreszcie mama obudziła Rodricka i kazała mu wziąć prysznic. Poszliśmy na śniadanie do knajpki obok motelu, a potem zapakowaliśmy się do vana.

Mama obwieściła, że odtąd wszyscy będziemy chodzić spać o tej samej porze, żeby nie marnować czasu. Lecz nim skończyła swoją przemowę, Manny już uderzył w kimono.

Tego dnia mieliśmy pojechać na jarmark, o którym mama czytała w „Radosnej Rodzince".

Nigdy wcześniej nie byłem w podobnym miejscu, ale impreza zapowiadała się ciekawie.

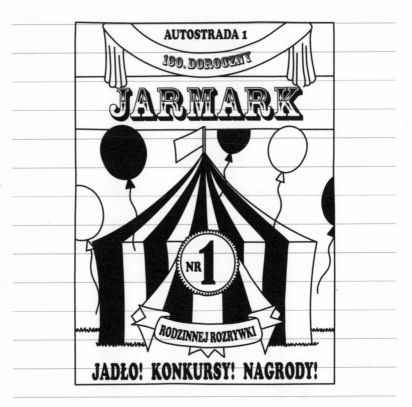

Jarmark był oddalony o parę godzin drogi, co dla mnie znów oznaczało męczarnię na tylnym siedzeniu.
Na szczęście po jakiejś godzince mama zaproponowała, że się ze mną zamieni.

A kiedy wylądowałem z przodu, nie mogłem wprost uwierzyć, ILE tam jest miejsca.

Zresztą chodziło nie tylko o przestrzeń. Miałem
nawet własne trzymadełko na kubek. Mogłem też
regulować temperaturę powietrza.

Już chciałem zmienić stację radiową, jednak tata mi
nie pozwolił. Powiedział, że to KIEROWCA decyduje,
jaka leci muzyka. Nie wydało mi się to specjalnie
sprawiedliwe, ale nie narzekałem, żeby za karę nie
trafić do tyłu.

Choć od przebojów taty bolały zęby, widok za oknem wynagradzał to z nawiązką.

Kiedy człowiek kisi się z tyłu, nie ma pojęcia, co traci. Na przednim siedzeniu perspektywa zmienia się całkowicie. Teraz już w sumie rozumiałem entuzjastyczne nastawienie mamy.

Zjechaliśmy z autostrady i przystanęliśmy na światłach. Przed nami był minivan taki sam jak nasz, tylko fioletowy.

Dzieciaki w vanie wyglądały znajomo. I zaraz do mnie dotarło, że to te od nocnej zadymy.

Nie mówiłem rodzicom o zdarzeniu z wózkiem sprzątaczki, bo się bałem, że postawi mnie ono w złym świetle. Poza tym mama i tata zdecydowanie nie powinni byli wiedzieć o moim starciu z Brodaczem.

Smarkacze w vanie poznały mnie natychmiast i zaczęły stroić głupie miny.

Święty na moim miejscu by tego nie wytrzymał, więc pokazałem im język.

Chudy dzieciak zrobił dokładnie to samo, a wtedy zapaliło się zielone i fioletowy van przyspieszył. Autem zarzuciło, więc twarz knypka, który mnie przedrzeźniał, rozpłaszczyła się o szybę.

Tata minął ich z lewej, a wtedy Brodacz dobrze mi się przypatrzył.

Na szczęście parking znajdował się zaledwie kilkadziesiąt metrów dalej. Byłem gotów zostać w aucie tak długo, aż zdobędę pewność, że nic mi nie grozi.

Wyglądało jednak na to, że fioletowy van się zmył. Manny wciąż spał w swoim foteliku, więc mama postanowiła z nim zostać, a nas wysłała przodem.

ZUPEŁNIE inaczej wyobrażałem sobie jarmark. Myślałem, że będzie tam diabelski młyn, karuzela i inne rzeczy w tym stylu. A my zobaczyliśmy tylko namioty ze zwierzętami i stoiska z domowym jedzeniem.

Tak czy siak, zaczynaliśmy być już głodni, więc
rozejrzeliśmy się za czymś na ząb.

Znaleźliśmy parówki w cieście, pączki i inne rzeczy,
które można kupić na każdym dużym targu. Ale od
czasu do czasu odkrywaliśmy coś zwariowanego,
na przykład smażone masło na patyku.

Całe szczęście, że mama została w samochodzie,
bo raczej nie uznałaby tego za „prawdziwe jedzenie".

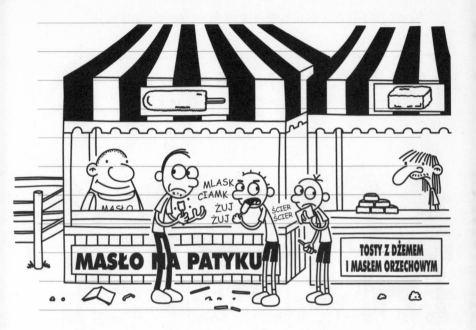

Po jakiejś godzinie tata pozwolił nam się jeszcze pokręcić, a sam poszedł sprawdzić, czy Manny nadal śpi.

Przez chwilę ja i Rodrick łaziliśmy tu i tam, gdy nagle zobaczyliśmy namiot, w którym działo się coś interesującego.

To był Konkurs na Najbardziej Odrażające Obuwie. Właściciel najohydniejszego buta mógł liczyć na nagrodę.

Mnóstwo ludzi tłoczyło się w kolejce do zapisów.

KONKURS NA NAJBARDZIEJ
ODRAŻAJĄCE OBUWIE

Zasugerowałem Rodrickowi, żeby wystartował.
Jeśli ktoś tu zasługiwał na wygraną, to tylko ON.

Gdy czekaliśmy w kolejce, doszło między nami do
sprzeczki o nagrodę. Ja się upierałem, że powinniśmy
podzielić ją na pół, bo to był w końcu mój pomysł.
On natomiast twierdził, że cała nagroda powinna
przypaść jemu, bo ostatecznie trampek należy
do NIEGO. A to, że cuchnie, też jest wyłącznie
JEGO zasługą.

Tuż przed stołem sędziowskim poszliśmy na kompromis: umówiliśmy się, że Rodrick odpali mi 10% jako swojemu agentowi.

Niektóre buciory wyglądały znacznie gorzej niż ten Rodricka i już zacząłem tracić nadzieję. Lecz wtedy jurorzy przeszli do testu zapachowego, który rozwiał wszelkie wątpliwości.

Rodrick zdobył główną nagrodę. Był nią kupon na jedno darmowe smażone masło na patyku. Powiedziałem, że może zatrzymać całą wygraną, bo na myśl o kolejnym maślanym lizaku robiło mi się niedobrze.

Mój brat chciał odzyskać but, sędziowie jednak oświadczyli, że trampek przechodzi do konkursu na szczeblu ogólnokrajowym. No i odtąd Rodrick popylał w jednym bucie. A kiedy on pożerał swoje masło na patyku, ja postanowiłem się przyjrzeć sąsiednim stoiskom.

I nagle znalazłem się O WŁOS od katastrofy, bo na rogu prawie wpadłem na rodzinę Brodacza. Zszedłem im z oczu dosłownie w ostatniej chwili.

Po odkryciu, że ekipa Brodacza jest na jarmarku, gorąco zapragnąłem się stamtąd wydostać.

Poleciałem szukać Rodricka, on jednak najwyraźniej wrócił już do vana. Sam też ruszyłem w tamtą stronę, lecz nagle w zbiegowisku pod namiotem ze zwierzętami dostrzegłem głowę mamy.

Ludzie tłoczyli się jak nienormalni, podczas gdy ja usiłowałem utorować sobie drogę w ścisku.

A kiedy byłem już na półmetku, tłum wrzasnął radośnie:

Gdy w końcu znalazłem się na samym przedzie, przeżyłem totalne zaskoczenie. Manny stał pośród ludzi i trzymał jakąś kartkę.

Najwyraźniej był to konkurs, w którym należało odgadnąć wagę świni, i Manny podał prawidłową odpowiedź.

Nagrodą dla zwycięzcy okazał się prawdziwy prosiaczek.

Mama wyjaśniła sędziemu, że Manny wziął udział w tym konkursie dla zabawy i że NIE możemy przyjąć prosiaczka.

Ale ludzie w tłumie wyglądali na urażonych i nie chcieli słyszeć o odmowie.

W całym tym zamieszaniu okropnie się bałem, że rodzina Brodacza zaraz przylezie pod namiot sprawdzić, o co tyle hałasu. Na szczęście mama w końcu przestała protestować i razem z prosiakiem ruszyliśmy do wyjścia.

Tata siedział w aucie z klimą rozkręconą na maksa. Kiedy ujrzał mamę ze świnią w ramionach, szczęka mu opadła.

Mama opowiedziała, jak to Manny wygrał prosiątko w konkursie, ale tata jakoś nie oszalał ze szczęścia.

Oznajmił, że nie wyobraża sobie, po co mielibyśmy trzymać w domu wieprza, i że trzeba natychmiast go odnieść.

Mama jednak odparła, że na to za późno, bo Manny i prosiaczek już się pokochali.

Tata wciąż nie był przekonany. Oświadczył, że świnie są „zwierzętami gospodarskimi" i że mogą mieć różne pasożyty, a kto wie, co jeszcze. Wtedy mama odparowała, że MNÓSTWO ludzi trzyma świnki w domu i że one są ponoć tak samo mądre jak psy.

Wtedy swoje trzy grosze dorzucił Rodrick. Opowiedział się za ZATRZYMANIEM prosiaka, bo, jak wyjaśnił, codziennie rano mielibyśmy wtedy świeży bekon prosto od świni. Najwyraźniej wyobrażał sobie, że to coś w rodzaju jajek prosto od kury.

Więc albo nie zna prawdy na temat pozyskiwania bekonu, albo nie do końca przemyślał sprawę.

Ja byłem zdecydowanie za przygarnięciem prosiaka. Wszystko, żebyśmy tylko zwinęli się z jarmarku.

Wypatrzyłem już fioletowego vana zaparkowanego w pobliżu i miałem stracha, że zaraz zobaczę Brodacza.

Tata wreszcie ustąpił, zaznaczając, że miejsce świni jest w łodzi. Mama jednak ostro się sprzeciwiła, mówiąc, że to „nieludzkie" i że musimy znaleźć dla niej jakiś kącik w vanie.

Tylko że tu już nie było gdzie SZPILKI wetknąć, a co dopiero świni. Nie mogliśmy pozwolić, aby prosiak wałęsał się luzem. O przypięciu go pasami też raczej nie było mowy. Chcąc nie chcąc, mama opróżniła naszą lodówkę turystyczną i TAM wsadziła świniaka.

Dopiero wtedy mogliśmy opuścić parking.

Po kilku kilometrach nareszcie odetchnąłem z ulgą.

Niestety prosiak okazał się trudnym pasażerem.
Gdy tylko wjechaliśmy na autostradę, przewrócił
lodówkę i teraz rył w jednym z Maminych Menu.

Musiałem go zagonić z powrotem do lodówki.
Tym razem przypiąłem ją pasami, żeby znów się
nie wywróciła.

Mama uznała, że prosiak jest głodny i że trzeba
czymś go nakarmić. Chciała, żebyśmy poszli
do restauracji i odłożyli mu resztki. To brzmiało jak
plan, przynajmniej dla mnie, bo w końcu mieliśmy
szansę na normalny obiad przy stole.

Gdy wreszcie znaleźliśmy jakąś gospodę, mama została ze świnią w aucie, a my weszliśmy do środka. Ale kiedy kelnerka zobaczyła Rodricka w jednym trampku, powiedziała, że nie przyjmie od niego zamówienia.

Tata zaproponował, żebym pożyczył bratu SWÓJ but. Zgodziłem się, choć wkrótce pożałowałem, że nie złożyłem zamówienia jako pierwszy, bo Rodrick je w żółwim tempie.

Po powrocie do vana daliśmy świni resztę kukurydzy i warzyw. Wtrząchnęła je prosto ze styropianowego pudełka.

Mama przez GPS szukała nam miejsca na nocleg. W pewnym momencie poprosiła Rodricka, żeby zadzwonił do jednego z hoteli i zapytał o wolne pokoje. Mieli je, owszem, lecz mój brat skopał sprawę przez swoją przesadną szczerość.

Mama znalazła więc inne miejsce i tym razem sama przeprowadziła rozmowę.

Hotel był tuż za bramkami na autostradzie. Ale przed punktem pobierania opłat wpadliśmy w straszny korek.

A ja w jadłodajni wypiłem dwie wielkie szklanki lemoniady i NAPRAWDĘ musiałem do łazienki.

W końcu wypatrzyłem stację benzynową. Powiedziałem rodzicom, że skoczę do kibelka i zaraz ich dogonię.

Tata nie był fanem tego pomysłu. Bał się, że podczas mojej nieobecności zdąży przejechać przez bramkę. Wtedy jednak zauważyliśmy, że prosię też musi za potrzebą, bo zaczęło biegać nerwowo po lodówce, robiąc małe kółeczka.

Mama pozwoliła mi pobiec do łazienki, pod warunkiem że zabiorę też ŚWINIĘ.

No więc wziąłem prosiaka pod pachę i puściłem się pędem przez trzy pasy do stacji benzynowej.

Próbowałem wejść do męskiej toalety, ale była zamknięta. Czekałem, przestępując z nogi na nogę, ktokolwiek jednak siedział w środku, W OGÓLE się nie spieszył.

Popadłem w taką desperację, że aż zacząłem szarpać za klamkę damskiej toalety. Niestety ona TAKŻE była zamknięta na głucho.

Pobiegłem z powrotem do auta, które przez ten czas przesunęło się o jakieś półtora metra.

Kiedy mama usłyszała, co jest grane, odparła, że toalety na stacjach benzynowych ZAWSZE są zamknięte i że o klucz prosi się PRACOWNIKA.

Wtedy poleciałem na stację RAZ JESZCZE i powiedziałem gościowi przy kasie, że muszę migiem skorzystać z kibelka.

Nie wiem, czego się spodziewałem po łazience na stacji benzynowej, ale było GORZEJ niż w najgorszych snach.

Wierzcie mi, korzystanie z kibelka w obecności zwierzęcia gospodarskiego, które się na was gapi, jest dość dziwaczne. Ale świnia była chyba jeszcze BARDZIEJ zażenowana, bo kiedy przyszła jej kolej, nic z siebie nie wydusiła.

Oddając klucz pracownikowi, zobaczyłem, że nasz van jest już przy bramce. Pognałem na łeb na szyję, żeby do niego zdążyć.

Cóż, pewnie powinienem był zwrócić uwagę na brak ŁODZI, nim wtargnąłem do środka.

Tak naprawdę NASZ van znajdował się parę wozów dalej. Gdy do niego dotarłem, prosiak wyglądał, jakby miał zaraz wybuchnąć.

I coś jest na rzeczy z tą świńską inteligencją. Bo kiedy go posadziłem na nocniku Manny'ego, DOSKONALE wiedział, co robić.

Poniedziałek

Po dotarciu wczoraj wieczorem do hotelu poczułem
ulgę. To miejsce wyglądało dużo lepiej niż
POPRZEDNIE.

Mama i tata z pewnością zostaliby odprawieni
z kwitkiem, gdyby pokazali się w recepcji ze świnią,
więc postanowiliśmy przemycić ją w lodówce.

Mamie chyba było głupio z powodu nocy w motelu, bo tym razem wynajęła nam DWA pokoje.

Powinienem był się jednak domyślić, że jest jakiś haczyk. Otóż mama stwierdziła, że skoro ona i tata mają u siebie Manny'go, MY musimy zająć się świnią.

Nie wiedziałem, co właściwie miałbym robić z prosiakiem, i w końcu wsadziłem go do wanny. Lecz w tej samej chwili on zaczął tak jakby skomleć.

Po namyśle oddałem świni calutką łazienkę. Gdy jednak zajrzałem do środka parę minut później, odkryłem, że urządziła totalną rozróbę. Chyba nawet zeżarła mydełko.

W tej sytuacji wpuściłem świnię do sypialni, żeby mieć ją na oku, ale ona natychmiast pobiegła pod drzwi rodziców.

Wreszcie tacie puściły nerwy i wpuścił prosiaka
do środka.

Byłem tak zmęczony, że zasnąłem, nim głowa opadła
mi na poduszkę.

Rano obudziły mnie dziwne dźwięki. Najpierw
pomyślałem, że to musi być Rodrick, lecz zaraz potem
zrozumiałem, że odgłos wydaje ŚWINIA.

Ten wieprz jakimś sposobem włamał się do barku,
a teraz rył w przekąskach.

Niewiele myśląc, zaniosłem prosiaka do wanny,
a potem poszedłem powiedzieć rodzicom, co zaszło.
Lecz wtedy się okazało, że świnia splądrowała również
ICH minibarek.

Zdołała też jakimś cudem dobrać się do drinków.
Naliczyłem co najmniej trzy puste puszki na podłodze
i naprawdę mnie nie pytajcie, JAK tego dokonała.

Tata udał się do recepcji. Oświadczył, że barek opróżnił nasz „czworonóg" i że w związku z tym nie powinni nas za to kasować.

Ale recepcjonista odparł, że tata musi zapłacić za wszystko, co było w minibarku, a NA DODATEK uiścić karę w wysokości pięćdziesięciu dolców, bo w pokojach obowiązuje zakaz trzymania zwierząt.

Kiedy nas podliczono, stwierdziliśmy, że brewerie świni kosztowały więcej niż oba pokoje RAZEM.

Mama chciała jak najszybciej znaleźć się w samochodzie, więc obudziła Rodricka i kazała mu wziąć prysznic. Cóż, chyba powinienem był go ostrzec, że w wannie jest już świnia.

Gdy Rodrick i ja zajęliśmy miejsca w aucie, tata rozmawiał przez telefon z kimś ze swojego biura. Chyba mieli tam jakiś nagły wypadek i tylko on wiedział, co robić.

Mama nie była zachwycona, bo zaplanowała nam całą masę atrakcji. Mimo to tacie jakoś udało się ruszyć, chociaż nie rozłączył rozmowy.

Najpierw zwiedziliśmy muzeum znane z największego kawałka prażonej kukurydzy na świecie. Na mnie jednak nie zrobiło specjalnego wrażenia. Po pierwsze, to nawet nie był prawdziwy kawałek kukurydzy, tylko drewniany, a po drugie, już bez przesady z tą wielkością.

Kiedy my wysiedliśmy z samochodu, tata został i dalej wisiał na telefonie. Świnia też została. Przysnęło jej się po tych wszystkich procentach.

Potem pojechaliśmy w miejsce, które słynie z naturalnej wielkości rzeźb prezydentów USA w maśle.

Tym razem mama wyciągnęła tatę z auta, choć nadal
nawijał przez komórkę.

Kiedy wróciliśmy do vana, mama powiedziała, że takie
izolowanie się od własnej rodziny nie jest w porządku.
Tata jednak wyjaśnił, że musi rozwiązać pewien
problem w pracy i że POTEM będzie okazywał większe
zaangażowanie.

Dodał, że teraz czeka na telefon od jednego
z zagranicznych klientów i że gdy odbierze, MUSIMY
zachowywać się idealnie cicho, bo będzie udawał,
że jest w swoim biurze.

Nie brzmiało to jak coś niewykonalnego. Manny już sobie ucinał popołudniową drzemkę, a świnia dalej kimała w lodówce.

Parę minut później usłyszeliśmy dźwięk przychodzącego połączenia. Gościu po drugiej stronie strasznie się ciskał, więc musiał być porządnie wkurzony, ale tata przemawiał do niego tak spokojnie, że tamten chyba wyluzował.

Wszyscy siedzieliśmy cicho jak mysz pod miotłą. Wtedy jednak Rodrick wyciągnął skądś balonówę i wpakował sobie pięć kawałków do paszczy. Jego żucie było naprawdę głośne.

Mama zaczęła pstrykać palcami, dając mu znaki, żeby przestał hałasować.

No ale to pstrykanie było JESZCZE głośniejsze niż żucie. Tata wyglądał na dość poirytowanego.

Żeby Rodrick mógł pozbyć się balonówy, mama otworzyła guzikiem szyberdach. WTEDY jednak rozległ się świst zasysanego do środka powietrza. Przypominał ryk odrzutowca.

Mama zrozumiała, że popełniła błąd, więc wcisnęła guzik, żeby ZAMKNĄĆ szyberdach. Lecz zanim to nastąpiło, Rodrick zdążył wyrzucić gumę przez otwór.

Niestety powietrze natychmiast ją ZAWRÓCIŁO i balonówa utknęła w prowadnicy szyberdachu.

Choć mama desperacko wciskała guzik, szyberdach nie chciał się zamknąć. I w tym właśnie momencie wiatr porwał Spłaszczonego Stasia, który odfrunął w nieznane.

Tata z najwyższym trudem skupiał się na rozmowie. Sam też nerwowo wciskał różne guziki, żeby zasunąć dach.

W tym celu musiał zdjąć rękę z kierownicy i zacząć
prowadzić KOLANAMI.

W końcu zaczęliśmy zjeżdżać z naszego pasa, co dał
nam odczuć kierowca wielkiego tira. Tata z wrażenia
aż upuścił telefon.

Klakson obudził Manny'ego. Smoczek wypadł młodemu z buzi i potoczył się po podłodze.

Manny cmokał, zasysając powietrze, jakby dalej ciumkając cumla, a ja wiedziałem, że mamy jakieś dziesięć sekund, zanim rozpęta się trzecia wojna światowa.

Udało mi się w końcu wypatrzyć smoczek, więc chciałem odpiąć pas, żeby po niego sięgnąć. Lecz przez przypadek odpiąłem pas przytrzymujący LODÓWKĘ.

Tata tymczasem, macając na ślepo w poszukiwaniu komórki, szarpnął autem w lewo i lodówka się przewróciła.

No i to już był armagedon. Świnia na wolności, wyjący
Manny i zdenerwowany tata używający brzydkich
wyrazów.

Największy problem stanowiła ŚWINIA. Dostała
totalnego szmergla, latała tam i z powrotem i kwiczała
jak szalona. Wszyscy próbowaliśmy ją złapać,
ale wymykała się z rąk jak mydło.

Aż, ni stąd, ni zowąd, nagle się uspokoiła. A kiedy
znów ją zobaczyliśmy, zrozumieliśmy dlaczego.

Przesunąłem dłoń naprawdę powoli, żeby wyciągnąć jej cumla z pyska. I właśnie wtedy mnie UGRYZŁA.

Świnia chyba uznała, że to najlepszy czas na ucieczkę, bo wskoczyła na fotelik Manny'ego i próbowała przecisnąć się przez uchyloną szybę.

Zdołała wystawić głowę i przednie nogi, a zadek TEŻ dałby radę, gdyby mama jej nie złapała za tylne racice.

Na domiar złego, rzucając się za świniakiem, mama niechcący włączyła CD z hiszpańskim na maksymalną głośność.

Przez cały ten czas niebezpiecznie zbaczaliśmy z drogi. Wreszcie mama wciągnęła świnię do środka i zamknęła okno. Tata natomiast zatrzymał się na poboczu i wyłączył odtwarzacz.

Przez dobrą minutę trwała cisza. Wszyscy dochodziliśmy do siebie. Tata był wściekły, bo popsuliśmy mu rozmowę biznesową, i dając nam to do zrozumienia, nie przebierał w słowach.

Lecz najpierw powinien był się upewnić, że połączenie zostało przerwane. Bo kiedy w końcu przyłożył komórkę do ucha, jego klient nadal tam czekał.

Wtorek
Po wtopie z klientem rodzice odbyli długą rozmowę za samochodem. Gdy wrócili, przez jakiś czas nie odzywali się do siebie.

Pół godziny później zatrzymaliśmy się na parkingu minizoo. Mama sięgnęła po lodówkę i wysiadła z vana.

Przekroczyła próg, a pięć minut później wyszła już bez świnki.

Mnie nie było jakoś specjalnie przykro, ale Manny dostał białej gorączki.

Nie wiem też, czy zoo podziękuje nam za świnię, która gryzie dzieci.

A skoro już o tym mowa, OKROPNIE mnie bolał palec.

Tata napomknął, że prosiak prawdopodobnie nie miał żadnych szczepień i mógł być nawet wściekły. To NIE podniosło mnie na duchu.

Widziałem wystarczająco wiele horrorów, by wiedzieć, że kiedy jakieś zwierzę ugryzie człowieka, to musi się źle skończyć. NAPRAWDĘ nie życzyłbym sobie przemiany w świniołaka. To zrujnowałoby mi życie uczuciowe.

Mama obejrzała mój palec i chyba się przejęła. Powiedziała, że trzeba poszukać lekarza, co ani trochę nie poprawiło mi nastroju.

Próbowała znaleźć jakiś ostry dyżur przez GPS, lecz w promieniu osiemdziesięciu kilometrów niczego takiego nie było.

Znalazła natomiast klinikę WETERYNARYJNĄ
oddaloną o pięć minut drogi.

Stwierdziła, że weterynarz ma te same leki co doktor
od ludzi i że będzie nawet LEPSZY, bo na pewno zna
się na pogryzieniach przez świnie.

Miałem nadzieję, że to tylko żart z tym
weterynarzem, ale mama mówiła serio. Chwilę później
zatrzymaliśmy się przed gabinetem.

Podczas gdy reszta rodziny usiadła w poczekalni,
mama podeszła do biurka recepcjonistki.

Niebawem wróciła do nas z podkładką do pisania i jakimś formularzem.

Cóż, mam nadzieję, że te informacje nie trafią do moich akt. Bo jeśli kiedyś wypłyną, będę skompromitowany.

Klinika dla zwierząt

Karta pacjenta

Imię zwierzęcia: _Greg_

Nazwisko właściciela: _Susan Heffley_

Gatunek: _człowiek_

Najnowsze szczepienia: _12 stycznia_

Robaki: Tak ☒ Nie ☐
jak był malutki

Ostatnie szczepienie przeciw wściekliźnie: _nie dotyczy_

Sterylizacja/Kastracja: Tak ☐ Nie ☒

Gdy mama oddała wypełniony formularz, recepcjonistka powiedziała, że mogę usiąść z innymi „pacjentami" czekającymi na doktora.

Ktoś mógłby sądzić, że istota ludzka będzie tu mieć pierwszeństwo, ale nic z tych rzeczy. Wylądowałem w kolejce za myszoskoczkiem, który połknął peta, i kotem, któremu pysk ugrzązł w pojemniku po jogurcie.

CHRYCH
CHRYCH

Kiedy mieliśmy psa, Słodzika, często jeździliśmy z nim do weterynarzy, a oni wyciągali z niego rzeczy, które zżerał. Raz zresztą NIEPOTRZEBNIE.

Pewnego dnia mama znalazła w pralni mnóstwo foliowych opakowań i wydedukowała, że to Słodzik dobrał się do ciastek.

Podobno czekolada jest TRUJĄCA dla psów, no więc mama pognała do kliniki, żeby przepłukali mu żołądek.

Gdy wrócili do domu, powiedziała, że pies połaszczył się na słodkości. Miałem lekkie wyrzuty sumienia, bo to ja wsunąłem ciastka, nie Słodzik.

A z tego, co słyszałem, płukanie żołądka nie jest żadną atrakcją.

Czuję, że moja wizyta u weterynarza to coś w rodzaju
kary za historię z ciastkami, zwłaszcza że techniczka
zważyła mnie na tej samej wadze, na której stawia
się PSY.

WAGA DLA ZWIERZĄT

Sprawdziła też, czy nie mam gorączki. Przez
trzydzieści sekund musiałem trzymać termometr
pod językiem.

Kiedy potem wróciłem do poczekalni, Rodrick
powiedział, że ZWIERZĘTOM termometr wkłada się
GDZIE INDZIEJ i że pewnie mają tu jeden
dla wszystkich pacjentów.

Przestraszyłem się, że on może mieć rację, ale wtedy do mnie dotarło, że mówi to koleś, który wyjada karmę dla myszoskoczków.

Gdy tak czekaliśmy, Manny dwa razy uciekł z kliniki i tata musiał po niego lecieć. Młody był chyba na maksa wściekły o to, że zostawiliśmy prosiaka w minizoo, i teraz robił sceny.

Ja w jego wieku też ciągle obrażałem się na rodziców i na okrągło próbowałem dać nogę.

Pamiętam, że kiedyś w przymierzalni na basenie mama chciała mnie zmusić do włożenia paskudnych kąpielówek. No więc zacząłem nawiewać, nie patrząc nawet, DOKĄD biegnę.

Rodrickowi TAKŻE zdarzało się uciekać. W pierwszej klasie codziennie dawał drapaka o tej samej porze, ale zawracał, jak tylko mama wołała, że puszczają jego ulubiony program.

Po tym jak Manny czmychnął po raz TRZECI, mama kupiła u recepcjonistki smycz automatyczną, żeby w końcu mieć młodego pod kontrolą.

Załatwiła również bandaż na stopę Rodricka, żebyśmy znów mogli jadać razem w restauracji jak normalna rodzina.

Wreszcie przyszła moja kolej i techniczka zaprowadziła mnie do gabinetu. Dłonie zaczęły mi się pocić, bo przed wizytą u doktora zawsze trochę panikuję.

Nie jestem wielkim fanem igieł i mama o tym wie.
Gdy muszę dostać szczepionkę przeciwko grypie albo
coś w tym stylu, zawsze się stara odwrócić
moją uwagę.

I zanim zdążę się zorientować, jest po wszystkim.

Tym razem nie było żadnego zastrzyku. Mama
wyjaśniła pani weterynarz, co się stało, a ona
obejrzała mój palec.

Odparła, że nie ma się czym martwić, bo zęby świni
nawet nie przecięły skóry.

Posmarowała mi tylko palec jakąś antybakteryjną mazią i tyle w temacie.

Muszę przyznać, że byłem pod wielkim wrażeniem. Kobieta okazała się konkretna i nie zaatakowała mnie igłą.

Myślę, że kiedy wrócimy do domu, poszukam jakichś weterynarzy w okolicy. Nie twierdzę, że już się zdecydowałem powierzyć im swoje zdrowie; chcę po prostu sprawdzić, jakie mam możliwości.

Po opuszczeniu kliniki tata próbował wydłubać balonówę z prowadnicy szyberdachu za pomocą patyczka po lodach. Ale to było tak skomplikowane, że w końcu się poddał.

Nie podobała mu się myśl o jeżdżeniu z otwartym dachem, więc zaczął szukać mechanika. Nikt jednak nie chciał wziąć tej roboty za mniej niż sto dolarów.

Aż wreszcie tata wstąpił do spożywczaka, kupił trochę celofanu i taśmy izolacyjnej i zrobił WŁASNY dach.

Był chyba bardzo dumny, że zaoszczędził na naprawie, zwłaszcza kiedy zaczęło padać, a jego wynalazek to wytrzymał.

Nie minęła jednak chwila, gdy celofan napełnił się wodą i różnymi żyjątkami, a potem wybrzuszył.

W końcu cała konstrukcja puściła i tym razem byłem zadowolony, że siedzę na samym końcu auta.

Zatrzymaliśmy się pod wiaduktem, żeby przeczekać ulewę. Rodrick i Manny wciągnęli suche ciuchy.

Jak dotąd, nasza podróż była totalną katastrofą. Nawet mama musiała to przyznać.

Powiedziała, że pewnie błędem było kurczowe trzymanie się porad z czasopisma, i oznajmiła, że jeśli zmienimy podejście, jeszcze wyjdziemy na prostą.

Dodała też, że teraz pojedziemy, dokąd nas oczy poniosą, i że wszystkie decyzje będziemy podejmować wspólnie, jak przystało na RODZINĘ. Dzięki temu reszta wyprawy może przypominać książki z serii „Wybierz swoją przygodę".

Zawsze lubiłem te opowieści, bo na każdej stronie trzeba podejmować decyzje, które wpływają na dalszy ciąg historii.

W oku starodawnego posągu tkwi bezcenny klejnot. Inskrypcja u stóp rzeźby głosi: „SPRÓBUJ MNIE OKRAŚĆ, A ZGINIESZ". Co robisz?

Jeśli odbierasz klejnot potworowi, przejdź na stronę 40.

Jeśli przystajesz, żeby pogłaskać kotka, przejdź na stronę 23.

93

Problem polega na tym, że moje wybory nigdy nie prowadzą do szczęśliwego zakończenia.

I w ogóle wygląda na to, że JAKIEGOKOLWIEK

wyboru dokonuję, wszystko kończy się ŹLE.

Kiedy stajesz na podeście,
żeby pogłaskać kotka,
ziemia nagle się rozstępuje.

Spadasz w otchłań
i umierasz. Spróbuj
jeszcze raz!

KONIEC

23

Nie byłem przekonany do nowej metody mamy, ale

uznałem, że wszystko będzie lepsze od pogryzienia

przez świnię.

Gdy się wypogodziło, wróciliśmy do samochodu,

by wypróbować ten pomysł. Kiedy dotarliśmy do

pierwszego skrzyżowania, mama zapytała, co wolimy –

jechać prosto, w lewo czy w prawo.

143

Rodrick i ja zagłosowaliśmy za skrętem w prawo
i ta opcja wygrała. A gdy zobaczyliśmy następne
skrzyżowanie, demokratycznie wybraliśmy skręt
w lewo.

Znaleźliśmy się w małym miasteczku, w którym
były dwie restauracje. Ponownie zagłosowaliśmy
i weszliśmy do jednej z nich. A tam podano nam
najlepszą szarlotkę, jaką kiedykolwiek jadłem. Była
tak zarąbista, że zamówiliśmy DRUGĄ.

Mama nie posiadała się ze szczęścia. Oznajmiła, że napisze do „Radosnej Rodzinki". Chciała podzielić się swoją metodą z REDAKCJĄ.

Jedyną osobą, która NIE bawiła się dobrze, był Manny. Nadal tęsknił za świnią. Mama nie zdjęła mu smyczy nawet podczas jedzenia, bo się bała, że znowu da w długą.

Po lunchu musiałem pójść z młodym do ubikacji. Czekałem na zewnątrz, aż załatwi sprawę.

Manny długo nie wychodził, więc zacząłem się zastanawiać, co zajmuje mu tyle czasu.

A gdy wreszcie otworzyłem drzwi, okazało się,
że ZNIKNĄŁ.

Na szczęście tata zobaczył Manny'ego przez okno
restauracji i zgarnął go, nim doszło do nieszczęścia.
Bo kto wie, GDZIE byłby mój brat za minutę
lub dwie.

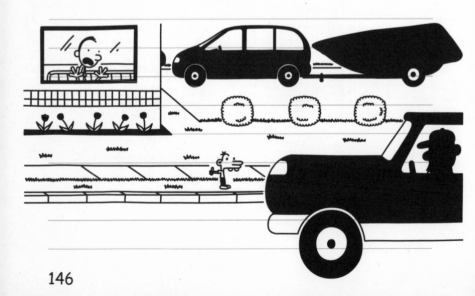

Wróciliśmy do vana i mama przypięła młodego do fotelika. Kiedy dotarliśmy do świateł, wszyscy byliśmy zgodni, że jedziemy w lewo.

Zapaliło się zielone. Tata wcisnął gaz, ale jakieś auto wypadło dosłownie ZNIKĄD, kompletnie ignorując SWOJE czerwone światło.

Tata zatrąbił, lecz tamten kierowca w ogóle się tym nie przejął.

Wtedy inny samochód przejechał na czerwonym, a potem KOLEJNY. Wyglądało to tak, jakby nikt NIE zauważał świateł.

Tata był coraz bardziej zirytowany. Kiedy dostrzegł przerwę miedzy dwoma samochodami, wcisnął gaz do dechy i skręcił.

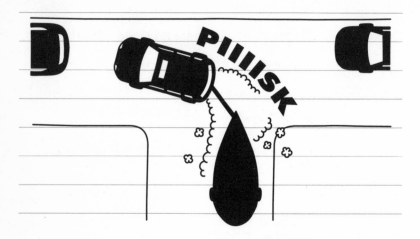

Ledwo zdążyliśmy przed NASTĘPNYM wozem, którego kierowca TAKŻE złamał przepisy.

Gdy odwróciłem głowę, odkryłem coś dziwnego. Samochód za nami miał dwie chorągiewki po obu stronach maski.

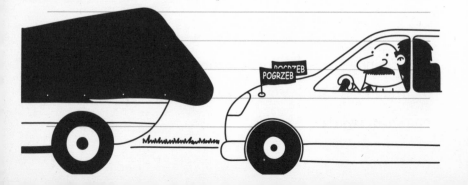

Mama też to zauważyła i naprawdę się zdenerwowała. Powiedziała, że auta za nami należą do ŻAŁOBNIKÓW.

Ponoć samochody z konduktu pogrzebowego mogą przejeżdżać na czerwonym z kościoła na cmentarz, żeby nikt nie przerwał procesji. A my wepchnęliśmy się w sam jej środek.

Tata spanikował, bo to oznaczało, że wszystkie samochody z tyłu jadą teraz ZA NIM. Próbował zgubić jakoś swój ogon, robiąc gwałtowne zwroty.

To jednak nie zadziałało, więc oświadczył, że wróci
na autostradę i TAK postara się zgubić samochody.
Na co mama odparła, że powinniśmy PRZYNAJMNIEJ
poprowadzić tych ludzi na cmentarz.

Wpisała w GPS słowo „cmentarz" i jeden rzeczywiście
był parę przecznic dalej.

COUNTRY 102

WYNIKI DLA: „CMENTARZ"

CICHE ŁĄKI	0,8 KM
WIDOK NA WIECZNOŚĆ	11,5 KM
PANORAMA HARMONII	12,6 KM
WZGÓRZA UKOJENIA	14,8 KM

Przejechaliśmy przez bramę i zaparkowaliśmy obok
alei. Żałobnicy, którzy podążali za nami, wysiedli
z aut, ale wyglądali na zdezorientowanych.

Jeden rzut oka na groby wystarczył, by wszystko
stało się jasne. Najwyraźniej dla GPS cmentarz to po
prostu cmentarz – a ten niewątpliwie był cmentarzem
dla ZWIERZĄT.

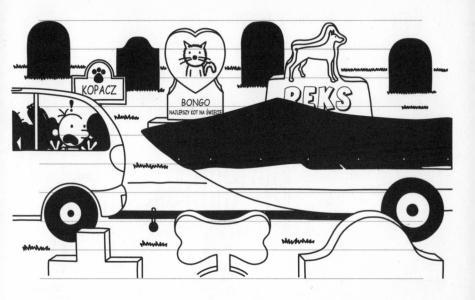

Całe szczęście, że tata dał chodu, zanim zrobiło się nieprzyjemnie.

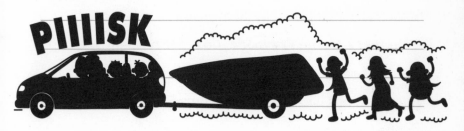

Po ucieczce z cmentarza dla zwierzaków jednomyślnie stwierdziliśmy, że na dzisiaj wystarczy. Znaleźliśmy hotel kilka kilometrów dalej i zarezerwowaliśmy pokój na siódmym piętrze.

Tata nie miał ochoty zostawiać naszych rzeczy
w vanie, bo złodziej mógłby się włamać przez
szyberdach. No więc WSZYSTKIE graty zabraliśmy
na górę.

Rano mama naciskała, by kontynuować zabawę
w Wybierz Swoją Przygodę. Cóż, zaczynałem
powątpiewać, czy jej plan działa, zważywszy
że prawie nas wczoraj wykończył, ale ona była
nieprzejednana.

Wzięła trochę folderów turystycznych z recepcji
i przyniosła na śniadanie, żebyśmy mogli zorganizować
sobie dzień.

Po prawdzie opcji było aż ZA dużo i zupełnie nie potrafiliśmy dojść do porozumienia.

Tata głosował za całodziennym oprowadzaniem przez przewodnika po polu bitwy z czasów wojny secesyjnej. Mama chciała pojechać na plażę. A Rodrick do muzeum gitar elektrycznych.

Dla MNIE najfajniej wyglądało miejsce o nazwie ZMOKŁA KURA. Byliśmy w parku wodnym POPRZEDNIEGO lata, ale deszcz wszystko zepsuł, teraz więc mogliśmy nadrobić zaległości.

Mama wnikliwie przestudiowała broszurę. Oświadczyła, że Zmokła Kura jest strasznie „plastikowa" i że na naszej wyprawie mieliśmy UNIKAĆ takich miejsc.

Gdy zaczęliśmy się sprzeczać, oznajmiła, że ona jest „osobą decyzyjną" i że jedziemy na plażę. Tata nie protestował. Na bank wyczuł sposobność do skorzystania z ŁODZI.

Ja nie przepadam za tym całym piachem. Na plaży nic, tylko siedzi się na kocu. I nawet nie można z niego zejść, bo człowiek umiera ze strachu, że ktoś mu zajmie miejscówkę.

Ostatnio tata zamiast koca zabrał nad wodę plandekę do przykrywania łodzi, żeby było więcej miejsca na ludzi i klamoty.

Ale plandeka okazała się CO NAJMNIEJ dwa razy większa od koca i zawaliła jakieś pół plaży.

Co więcej, kiedy słońce przygrzało, na tym syntetycznym czymś czuliśmy się jak na patelni.

A już najbardziej ŻENUJĄCO zrobiło się wtedy, gdy reszta rodziny poszła po lunch na deptak. Musiałem siedzieć na tej płachcie sam jak palec i pilnować dobytku.

No więc nie szalałem z radości, słysząc, że jedziemy nad morze. Zwłaszcza że znów mieliśmy ze sobą plandekę.

Plaża była oddalona o parę godzin drogi, toteż gdy wsiedliśmy do auta, postanowiłem się zdrzemnąć. A wierzcie mi, że wśród tylu gratów to prawdziwe wyzwanie.

Obudziłem się, kiedy zaczęliśmy zwalniać. Myślałem, że już jesteśmy na wybrzeżu, ale my jeszcze nawet nie dotarliśmy do mostu. I chyba WSZYSCY ludzie na świecie jechali w tym samym kierunku.

Kiedy do mostu brakowało jakichś pięciuset metrów, wyczułem, że tata zaczyna się stresować.

On NIENAWIDZI mostów. Z jakiegoś powodu robi mu się słabo, gdy musi po jakimś przejechać.

A że tę przeprawę zbudowano naprawdę wysoko nad wodą, zapewne przerażała go myśl o spędzeniu na niej w korku dobrej półgodziny.

Mama zaproponowała, by poprowadził RODRICK. W tym celu musieliśmy zamienić się miejscami.

Tata zajął moje siedzenie z tyłu, bo z niego nie było widać mostu, a ja klapnąłem pośrodku.

Kiedy Rodrick znalazł się na przedzie, skorzystał z prawa kierowcy i od razu zmienił muzykę. Z głośników bluznął heavy metal. Cóż, podejrzewam, że tacie nie zrobiło się od tego lepiej.

Sunęliśmy jakieś pięć kilosów na godzinę. Przeczuwając, że spędzimy w korku sporo czasu, otworzyłem chrupki serowe, które Rodrick kupił w spożywczaku.

Wtedy zauważyłem mewę siedzącą na barierce.
Patrzyła prosto na mnie.

Zrobiło mi się żal ptaszyska, więc rzuciłem mu jedną
chrupkę przez otwarty dach. No i byłem naprawdę
pod wrażeniem, bo mewa złapała zdobycz w powietrzu.

Już chciałem karmić ją DALEJ, kiedy mama mnie powstrzymała.

Powiedziała, że mewy potrafią być napastliwe i że dawanie im „ludzkiego jedzenia" to niedobry pomysł.

Miała rację co do „napastliwości", bo dwie sekundy później mewa wylądowała na dachu, wyraźnie domagając się żarcia.

Rzuciłem mewie na odczepnego jeszcze jedną chrupkę, ale nie trafiła i jej łup wpadł z powrotem do auta.

A wtedy sprawy przybrały ZŁY obrót.

Ptaszysko wskoczyło DO vana i zjadło chrupkę
z podłogi.

Przez moment wszyscy byliśmy w szoku, że jedzie
z nami mewa. Nikt nawet nie drgnął.

Ptak zaskrzeczał parę razy i wzbił się w powietrze.
Ale chybił o jakieś pół metra i walnął o sufit.

No a zaraz potem kompletnie mu odbiło. Zaczął fruwać po aucie i rozbijać się o okna. Wpadliśmy w totalną panikę. Wszędzie latały pióra i chrupki serowe.

W pewnej chwili żarłoczna mewa szarpnęła leżącą na podłodze torebkę. Ja jednak postanowiłem bronić chrupek jak niepodległości. Wszyscy krzyczeli, żebym puścił, ale nie było takiej opcji.

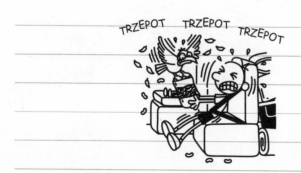

Wreszcie mewa wygrała zabawę w przeciąganie liny
i wyfrunęła z auta, kradnąc nasze chrupki. Cóż, nie
odleciała daleko.

Jakieś trzy czwarte chrupek spadło Z POWROTEM
do minivana. A wtedy rozpoczął się koszmar.

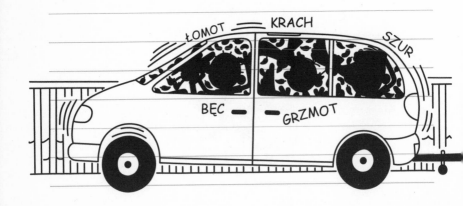

Kilka mew zaczęło szturmować przednią szybę
i Rodrick ze strachu wdepnął gaz. A kiedy ptaki
w końcu nam odpuściły, okazało się, że wpadliśmy
Z DESZCZU POD RYNNĘ.

I wiecie co? Ludzie, których staranowaliśmy, byli
całkiem mili.

Ten facet i jego żona uwierzyli nam, że to
nieszczęśliwy wypadek. Tata pokazał im swoje
ubezpieczenie, więc nie wezwali policji.

I nawet coś DOBREGO wynikło z całej afery. Nie było
już szans, żebyśmy zdążyli na plażę.

KLOPS polegał na tym, że auto nie chciało zapalić.

Godzinę czekaliśmy na pomoc drogową.

Ruch szedł teraz jednym pasem i raczej nie

przysporzyło nam to sympatii wśród kierowców.

Mechanik powiedział, że trzasnęła chłodnica

i że naprawa zajmie od czterech do pięciu godzin.

Co oznaczało, że musimy zabić jakoś czas.

Gdy wyszliśmy z warsztatu, przeżyłem wielkie zaskoczenie. Znajdowaliśmy się o dwie przecznice do Zmokłej Kury, czyli miejsca, do którego OD POCZĄTKU chciałem trafić.

Zacząłem BŁAGAĆ mamę, żebyśmy właśnie tam poczekali na odebranie vana.

Ona odparła na to, że wolałaby porobić coś „kształcącego", na przykład wybrać się całą piątką do osiedlowej biblioteki, ale tym razem wszyscy byli przeciwko.

Po zapłaceniu za bilety przy wejściu do Zmokłej Kury schowaliśmy do szafki przedmioty, których nie chcieliśmy zamoczyć.

Wskoczyliśmy w stroje kąpielowe i spotkaliśmy się ponownie za przebieralniami. Na pływalni był DZIKI TŁUM, więc o pięciu leżakach mogliśmy zapomnieć. W końcu znaleźliśmy JEDEN, z paroma urwanymi paskami. Położyliśmy na nim ręczniki, no i resztę rzeczy.

Podczas gdy rodzice zostali z Mannym, ja i Rodrick poszliśmy się rozejrzeć. Mama jednak zaznaczyła, że my dwaj mamy trzymać się razem.

Najpierw zajrzeliśmy do basenu z falą, ale tam ludzka masa dosłownie WYSTĘPOWAŁA Z BRZEGÓW.

Rodrick zasugerował, żebyśmy pobawili się w chowanego. Mnie jednak szukanie jednego człowieka wśród tych wszystkich pływaków i ich sprzętu wyglądało na przegraną sprawę.

Żeby było SPRAWIEDLIWIE, zaproponowałem nowe reguły: temu, kto się ukrywa, nie wolno chować głowy pod wodą. Podejrzewałem, że Rodrick będzie oszukiwać, ale on także wpadł na ciekawą myśl.

Wziął z bufetu papierową podkładkę pod talerze i powiedział, że osoba, która się chowa, nie może jej zamoczyć. Tylko tak udowodni, że nie zanurzała głowy. Cóż, muszę przyznać, że zaimponował mi pomysłowością.

Powiedziałem, że mogę chować się jako pierwszy. Znalazłem sobie kryjówkę na drugim końcu basenu, gdzie Rodrick miałby nielichy kłopot, próbując mnie wypatrzyć.

NIE wiedziałem jednak, że mój brat nabazgrał coś na papierowej podkładce, zanim mi ją dał. I tak się nieszczęśliwie złożyło, że WSZYSCY wokół przeczytali ten napis przede mną.

Sama jego treść była POTWORNA. A fatalna ortografia tylko POGORSZYŁA sprawę.

Jeszcze WIĘKSZEGO wstydu się najadłem, gdy ratowniczka opuściła swoje stanowisko i kazała mi wyjść z basenu.

Naprawdę powinienem był wiedzieć, że Rodrickowi nie można ufać. ZWŁASZCZA w parkach wodnych.

Miałem już go serdecznie dość po szwindlu
z podkładką i nic mnie nie obchodziło, że obiecaliśmy
trzymać się razem. Sam ruszyłem w kierunku
zjeżdżalni, nie oglądając się na Rodricka.

Nie miałem pojęcia, jak długa jest kolejka, dopóki nie
doczłapałem do połowy schodów. Wtedy napierała na
mnie już cała KUPA ludzi, więc nie mogłem zawrócić.
Byłem skazany na niechciane towarzystwo i musiałem
brnąć z nim pod górę.

W tłumie zrobiło się naprawdę gorąco i niektórym
zaczęły puszczać nerwy.

Nagle dzieciak stojący za mną szturchnął kobietę przede mną. Trącił ją w tyłek makaronem do nauki pływania. A ona pomyślała, że to byłem JA.

Po czym do akcji wkroczył jej CHŁOPAK.

Naprawdę nie chciałem, żeby ten koleś spuścił mi łomot. Do niczego jednak nie doszło, bo przyszła nasza kolej.

Niestety ponton do zjeżdżania był czteroosobowy, przez co sytuacja zrobiła się jeszcze bardziej niezręczna.

Na dole dryfowało mnóstwo pontonów, dzięki czemu mogłem się ukryć przed laską i jej chłopakiem. Zrobiłem dwa okrążenia po basenie rekreacyjnym, chcąc zyskać pewność, że ich zgubiłem.

Wodnych atrakcji miałem już powyżej uszu, więc wróciłem na leżak, żeby wskoczyć w ciuchy.

Leżak jednak ZNIKNĄŁ, a nasze rzeczy walały się
po ziemi.

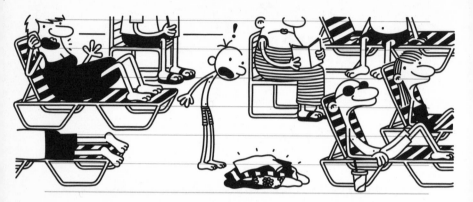

Resztę Heffleyów zastałem w bufecie podczas
kupowania lunchu. Powiedziałem im, że ktoś rąbnął
naszą własność.

Mama oświadczyła, że leżak z urwanymi paskami
jest charakterystyczny i że z łatwością znajdziemy
RABUSIA.

Zaczęliśmy przeszukiwać teren. Ja ruszyłem w stronę basenu z falą.

No i oczywiście zaraz zobaczyłem nasz leżak. NIE uwierzycie jednak, KTO się na nim rozwalił.

Nie wiem, jakie jest prawdopodobieństwo trafiania w kółko na tych samych ludzi, ale to już robiło się IDIOTYCZNE.

Uznałem, że najrozsądniej będzie nie robić scen i pozwolić Brodaczowi ZATRZYMAĆ leżak. Kiedy dołączyłem do rodziny, zachowywałem się jak gdyby nigdy nic.

Do tego czasu nasze jedzenie prawie wystygło, a my wciąż nie mieliśmy gdzie usiąść. W końcu klapnęliśmy sobie za bufetem.

Wszyscy chcieliśmy już stamtąd wybyć. Mama poprosiła, żebym oddał jej klucz do szafki. Ale ja go NIE miałem.

Oznajmiła, że na pewno dawała mi klucz, na co ja wywróciłem kieszenie kąpielówek, by udowodnić, że są puste.

Byłem przekonany, że mama wręczyła klucz
RODRICKOWI, on jednak stanowczo zaprzeczył.

Każdy przetrząsnął kieszenie w poszukiwaniu zguby,
lecz bez skutku. I to była prawdziwa MASAKRA.
W szafce zostały komórki i portfele rodziców, więc
nie mogliśmy tak po prostu wyjść.

Podeszliśmy do kolesia sprzedającego bilety
i powiedzieliśmy, że zginął nam klucz.

Ale kiedy facet zapytał, jaki mieliśmy numer szafki,
nikt z nas nie umiał sobie przypomnieć. Szafek były
setki i wszystkie wyglądały tak samo.

Gość poinformował nas, że numer był wypisany na kluczu, co naturalnie NIE ułatwiło sprawy.

Potem dodał, że jedyne, co możemy zrobić, to spróbować ODSZUKAĆ klucz, więc zaczęliśmy przeczesywać pływalnię.

Rodrick poszedł w kierunku basenu z falą, gdzie bawiliśmy się w chowanego, a ja w stronę basenu rekreacyjnego. Nic jednak nie zdziałaliśmy.

Gdy zeszliśmy się z powrotem, klucza nadal nie było. Mama zasugerowała, że może przypadkiem wyrzuciliśmy go do śmietnika razem z resztkami lunchu. No to zaczęliśmy przegrzebywać kosze.

Potem mama kazała nam się skupić i spróbować sobie przypomnieć numer szafki. A wtedy nagle zobaczyłem go w głowie.

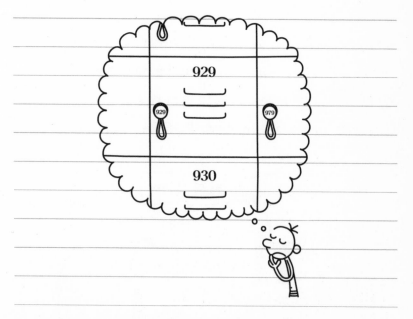

Poszliśmy prosto pod 929. Szafka oczywiście okazała się zamknięta, a klucza nie było w zamku.

Wróciliśmy do gościa od biletów. Tym razem musieliśmy odstać swoje, bo był bardzo zajęty.

Gdy oznajmiliśmy, że znamy już numer, wyciągnął skądś zapasowe klucze i poszedł z nami pod 929. Ku naszemu zdumieniu klucz tym razem tkwił w zamku, a szafka była otwarta. Oraz PUSTA.

Co oznaczało, że ktoś UKRADŁ nam rzeczy.

I chyba wiedziałem, KTO to zrobił. Kiedy Brodacz zabrał nasz leżak, pewnie gwizdnął i KLUCZ.

Postanowiłem powiedzieć rodzicom o bandzie Brodacza i o tym, że najpewniej okradła nas, żeby się na mnie zemścić. Zaprowadziłem ich tam, gdzie ostatnio widziałem całą szajkę.

Lecz po opryszkach NIE było już śladu.

Przestraszyłem się, że zdążyli uciec, więc pobiegłem
do bramy. I jakbym zgadł, bo fioletowy van właśnie
odjeżdżał.

Od początku WIEDZIAŁEM, że ci goście oznaczają
kłopoty. Nie sądziłem jednak, że posuną się
do KRADZIEŻY.

Tata zadzwonił z recepcji na policję, ale gliny
powiedziały, że bez numerów rejestracyjnych
niewiele zrobią.

JEDYNY plus był taki, że kluczyki do samochodu zostały nie w szafce, a u mechanika.

Poszliśmy więc do warsztatu. Nasz van miał za moment dostać nową chłodnicę. Mechanik oświadczył, że to będzie kosztowało prawie trzysta dolców, na co tata przyznał się, że jest niewypłacalny, bo ukradziono mu portfel.

Przekonywał mechanika, że wyśle czek, jak tylko wrócimy do domu, koleś jednak nie chciał słyszeć o naprawie na kredyt. Odparł, że w tej sytuacji może NAJWYŻEJ uszczelnić popsutą chłodnicę czymś, co wytrzyma dzień albo dwa.

Dodał, że będziemy musieli rozkręcić ogrzewanie
na maksa. Czyste szaleństwo, ale ponoć w ten sposób
silnik się nie przegrzewa.

Rodzice obgadali sprawę. Zdecydowali, że jedziemy
prosto do domu. Choć zostaliśmy bez pieniędzy
i telefonów, mieliśmy NA SZCZĘŚCIE benzynę. Tata
obliczył, że jeśli nie będziemy robić żadnych przerw,
dotrzemy na miejsce mniej więcej o trzeciej rano.

Mama żałowała, że wycieczka się skróci, ja jednak,
szczerze mówiąc, raczej poczułem ulgę.

Kiedy wsiedliśmy do vana, tata rozkręcił ogrzewanie,
jak poradził mechanik. I nim się obejrzeliśmy,
mieliśmy w środku jakieś czterdzieści stopni.

Mama otworzyła wszystkie okna z przodu, ale
z tyłu, tam gdzie siedziałem JA, było jak w PIECU
CHLEBOWYM.

Oznajmiłem, że raczej padnę na udar cieplny, niż
wytrwam w tych warunkach, mama jednak uznała,
że nic mi się nie stanie, jeśli tylko będę przyjmował
płyny. I wyciągnęła z łodzi dwie zgrzewki mineralki.

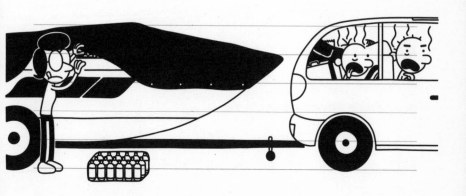

Ruszyliśmy w stronę autostrady, a ja już w godzinę wyżłopałem cztery butelki.

Chciałem trochę pospać, żeby podróż mijała szybciej, ale ze snu wyrwało mnie nagle trąbienie.

Ludzie w samochodzie na drugim pasie machali rękami, usiłując zwrócić naszą uwagę.

Kiedy się obejrzałem, odkryłem, że podmuch powietrza niemal zerwał plandekę z łodzi. Płachta powiewała teraz na wietrze.

No a nasze klamoty uczyły się LATAĆ.

Kierowcy za nami robili zygzaki, żeby nie oberwać gratami lecącymi z łódki. Tata też już zauważył w lusterku, co jest grane, więc zjechał na pobocze.

Następne dwie godziny spędziliśmy, wędrując wzdłuż autostrady i próbując pozbierać wszystkie nasze rzeczy. Poddaliśmy się, kiedy zapadł zmrok.

Po powrocie do vana zrobiliśmy przegląd bagaży.
Wydawało mi się, że zdołałem odzyskać jakieś trzy
czwarte ciuchów, ale mama oświadczyła, że brakuje
nam całych WALIZEK.

A CO GORSZA, przez nieuwagę zgarnęliśmy z drogi
trochę rzeczy, które NIE były nasze. Rodrick
na przykład wszedł w posiadanie majtek sztywnych
jak tektura.

Gdy wsiedliśmy do auta, mama powiedziała, że musimy
pomyśleć o czymś do jedzenia. Rodrick już chciał
otworzyć bułeczki cynamonowe, które nadal leżały
w torbie z supermarketu, usłyszał jednak, że na pewno
się od nich pochoruje, bo są surowe, a w dodatku były
źle przechowywane.

Mama włączyła GPS, lecz ku jej rozpaczy o tej porze czynne były już tylko bary dla zmotoryzowanych.

W końcu przystanęliśmy na jakimś parkingu przy smażalni kurczaków. Nie mieliśmy gotówki ani kart kredytowych, więc musieliśmy czołgać się po podłodze, szukając pogubionych drobnych.

Uzbieraliśmy trzy dolce i piętnaście centów, co pewnie nie starczyłoby nawet na kurzą nogę.

Mama stwierdziła, że w smażalni mogą mieć drugą kartę dań dla gorzej sytuowanych, toteż wyszliśmy z auta i ruszyliśmy w tamtą stronę.

Wkrótce jednak odkryliśmy, że drzwi są zamknięte, choć w środku kręcili się jeszcze pracownicy. Czyli naszą ostatnią szansą był bar dla zmotoryzowanych.

Wróciliśmy do samochodu. Najpierw próbowaliśmy podjechać do okienka baru, ale z łodzią nie było na to szans. No więc w końcu daliśmy za wygraną i do restauracji dla kierowców poszliśmy NA PIECHOTĘ.

Przystanęliśmy przed tablicą z menu, czekając, aż ktoś odezwie się przez głośnik i przyjmie zamówienie.

A gdy tata oznajmił, że gdzieś tu musi być czujnik reagujący na ciężar samochodu, daliśmy z siebie wszystko, by nas zauważono.

Wreszcie pracownica baru otworzyła okienko.

Mama spytała, co możemy dostać za nasze pieniądze,
a kasjerka odparła, że mały kubełek nuggetów i ciastko.

Wzięliśmy to wszystko oraz całą garść darmowych
torebek z sosem barbecue. A potem wróciliśmy
do vana i podzieliśmy jedzenie na pięć osób.

Znów ruszyliśmy w drogę, ale po jakiejś półgodzinie
zrozumieliśmy, że jednak będziemy musieli zatrzymać
się na nocleg.

Nie mieliśmy już kasy na hotel i mama zaczęła szukać
kempingu.

Najbliższy znajdował się szesnaście kilometrów w przeciwnym kierunku, więc tata zadecydował, że po prostu zjedziemy z autostrady, zaparkujemy gdzieś i przekimamy w aucie.

Co do mnie, byłem za każdym rozwiązaniem, które pozwoliłoby nam wyłączyć gorącą dmuchawę.

Ale gdy tylko opuściliśmy autostradę, stało się jasne, że popełniliśmy błąd.

Przede wszystkim droga nie była utwardzona. Nie dało się też dostrzec żadnych stacji benzynowych, sklepów ani nawet domów. Tylko drzewa po obu stronach i ciemność.

Jechaliśmy tak dość długo. Droga była wąska i nie mieliśmy jak skręcić. Chyba wszystkich obleciał strach i w końcu mama powiedziała tacie, że musimy wrócić na autostradę.

Ale on stwierdził, że ZARAZ znajdziemy miejsce odpowiednie na nocleg.

Im bardziej zagłębialiśmy się w las, tym bardziej rosło zdenerwowanie mamy, bo nawet GPS nie wiedział, gdzie jesteśmy.

Wreszcie dostrzegliśmy jakieś znaki i okropnie się ucieszyliśmy, że wracamy do cywilizacji. To jednak była przedwczesna radość.

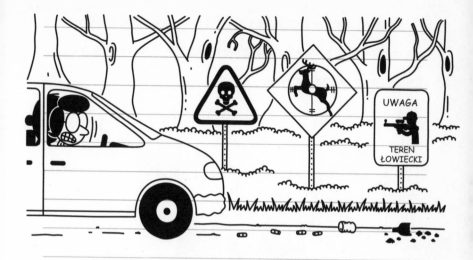

I właśnie wtedy, gdy nerwy mieliśmy już w strzępach, rozległ się naprawdę ogłuszający dźwięk.

Tata zjechał między drzewa i samochód wylądował w jakimś błocie.

W uszach mi dzwoniło. Rozejrzałem się wokół, żeby sprawdzić, co tak strzeliło.

Myślałem, że zobaczę rozbite szkło, ale nie. Szyby nie były stłuczone. Zauważyłem na nich natomiast dziwaczne maziaje.

Rodrick, który miał na głowie jeszcze więcej tej kleistej brei, wpadł w kompletną HISTERIĘ.

Nadal nie wiedziałem, co się właściwie stało. I wtedy mój wzrok padł na torbę z zakupami. Leżało w niej rozerwane opakowanie po bułeczkach cynamonowych.

Opakowanie EKSPLODOWAŁO, bo torba przygniatała jeden z otworów nawiewu.

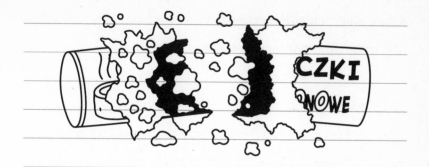

Rodrick NICZEGO nie kumał. We włosach miał strzępy
bułeczek cynamonowych, więc wziął nadzienie
za swój MÓZG.

A jeszcze BARDZIEJ się zdenerwował, gdy Manny
zaczął zlizywać dżem z palców.

Kiedy Rodrick w końcu przestał świrować, wytarliśmy wnętrze vana papierowymi ręcznikami.

Tata zdołał jakoś zawrócić i pojechaliśmy z powrotem na autostradę. Przy następnym zjeździe zobaczyliśmy supermarket z pustym parkingiem, więc zatrzymaliśmy się tam na noc.

Mieliśmy tylko cztery rozkładane siedzenia, toteż mama wysłała tatę na łódź.

Wiem, że biedak nie mógł się doczekać, aż skorzysta z łódki podczas naszej wyprawy, ale chyba nie o TO mu chodziło.

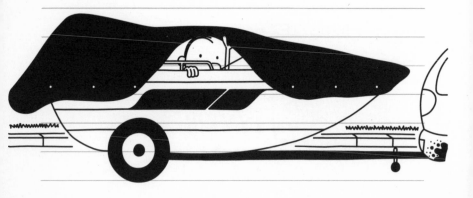

<u>Środa</u>

Poprzedniej nocy źle spałem, a około szóstej obudziła mnie krzątanina pracowników sklepu.

Słońce było już wysoko i w aucie zrobiło się naprawdę gorąco. Wszyscy się lepiliśmy, a w wymiętych ciuchach wyglądaliśmy jak siedem nieszczęść.

Weszliśmy do supermarketu, żeby zapytać, czy pozwolą nam skorzystać z łazienki, jednak kierownik oświadczył, że przez dwie najbliższe godziny sklep będzie zamknięty dla klientów.

Wracając do auta, mama wpadła na pewną myśl. Stwierdziła, że możemy się umyć nawilżanymi chusteczkami Manny'ego. I wtedy odkryła, że niechcący zatrzasnęła kluczyki w samochodzie.

Była jednak jakaś NADZIEJA. Tata zarzucił wędkę przez otwarty dach, chcąc WYŁOWIĆ kluczyki z trzymadełka na kubek.

Mimo wielu wysiłków nie udała mu się ta sztuka. Nie mieliśmy już żadnych pomysłów, gdy nagle mama zasugerowała, że może MANNY wyciągnie kluczyki.

No więc tata spuścił młodego na smyczy.

Po wylądowaniu w środku Manny absolutnie się nie spieszył. Najpierw polazł na tyły i zeżarł dwie ostatnie torebki sosu barbecue. Potem zaczął grzebać w moim worku marynarskim i znalazł paczkę ciasteczek Oreo, którą trzymałem na czarną godzinę.

Wreszcie dotarł na siedzenie kierowcy i sięgnął
po kluczyki, ale zamiast wpuścić nas do środka,
uruchomił SILNIK.

Później zaczął gmerać przy radiu, aż znalazł stację,
która przypadła mu do gustu.

Rodzice walili w okna, błagając Manny'ego, żeby im
otworzył. A wtedy on przestawił dźwignię biegów
i RUSZYŁ.

Wszystkim nam wyleciało z głowy, że smarkacz
planuje ucieczkę. Inaczej nigdy nie wsadzilibyśmy go
do samochodu.

Na szczęście Manny nie sięgał nogami do pedału gazu. W przeciwnym razie mógłby odjechać w siną dal.

Młody chyba zrozumiał, że nie da rady nawiać, przynajmniej na razie, bo mama zdołała jakoś go przekonać, aby otworzył nam drzwi.

Niedługo potem zacząłem rozpoznawać znajome widoki. Byliśmy już na drodze do domu.

Wjechaliśmy do miasteczka, w którym spędziliśmy pierwszą noc. A kiedy mijalismy nasz motel, ujrzałem coś, co PRZEKRACZAŁO ludzkie pojęcie.

Fioletowego vana na parkingu.

Powiedziałem o tym tacie, a on się zatrzymał. Spojrzeliśmy na auto z bliska i nie było już żadnych wątpliwości. Mieliśmy przed sobą samochód Brodacza.

To zaś oznaczało, że banda jest w TYM motelu i prawdopodobnie mieszka sobie NA KOSZT naszej rodziny.

Zostawiliśmy auto z boku budynku. Tata oznajmił, że wezwie gliny, i poszedł do recepcji.

Ale trzydzieści sekund później przybiegł do nas z powrotem.

Powiedział, że zobaczył, jak banda Brodacza opuszcza pokój, nie zamykając go na klucz, i idzie na basen.

Mama stwierdziła, że powinniśmy trzymać się planu i wezwać policję, lecz tata zaoponował. Oświadczył, że najpierw trzeba przeprowadzić PRYWATNE śledztwo.

No więc WSZYSCY poszliśmy za nim do pokoju Brodacza. I rzeczywiście, drzwi były uchylone.

Gdy tata otworzył je nieco SZERZEJ, wściubiliśmy nosy do środka, sprawdzając, czy żadna z naszych rzeczy nie leży na widoku.

Z progu nie mogliśmy jednak niczego wypatrzyć.

Mama nie była zachwycona rozwojem wydarzeń.
Ale wtedy tata otworzył drzwi NA OŚCIEŻ i już nie
mieliśmy odwrotu.

Nie znaleźliśmy niczego, co by do nas należało, doszliśmy zatem do wniosku, że banda Brodacza zabrała swoje fanty na basen.

Skoro już jednak zakradliśmy się do pokoju bandytów, postanowiliśmy skorzystać z okazji. Ostatecznie to my za wszystko płaciliśmy.

Mama chyba uznała, że dajemy zły przykład Manny'emu, bo zabrała go do samochodu.

My jednak jeszcze nie skończyliśmy. Ja i Rodrick chcieliśmy skorzystać z łazienki, więc tata stanął na czatach.

A potem sam poleciał do kibelka, każąc nam zachować CZUJNOŚĆ.

Chyba zanadto igraliśmy z losem, bo gdy TYLKO tata zamknął się w toalecie, ujrzałem bandę Brodacza.

Cóż, choć bardzo kocham tatę, jestem ZBYT MŁODY, by umierać. No więc wziąłem nogi za pas, a Rodrick poszedł w moje ślady.

NIE oglądałem tej sceny na własne oczy, ale musiało być nieciekawie, kiedy Brodacz wparował do łazienki.

Dopadliśmy do samochodu i zabarykadowaliśmy się
w środku. Byłem przekonany, że tata nie wyjdzie
z tego żywy i że musimy uciekać.

Mama jednak podjechała do motelu od frontu, a wtedy
tata wystrzelił z pokoju Brodacza jak z procy.

W biegu udało mu się nawet zgarnąć kluczyki
od fioletowego vana.

Gnając do samochodu, cisnął je w krzaki i w ten oto sposób zyskaliśmy nieco czasu.

Zrobiliśmy ponad trzy kilometry, zanim tata podciągnął wreszcie spodnie.

Wszyscy przybiliśmy sobie piątkę, szczęśliwi, że udało nam się ujść z życiem. Ale w tym całym pośpiechu zapomnieliśmy włączyć DMUCHAWĘ.

No więc niedługo później wysiadła nam CHŁODNICA.

Mama musiała przeciąć dwa pasy, żeby posadzić vana
na awaryjnym. Niestety miała strasznego pecha.
Wjechała na rozbitą butelkę.

Wysiedliśmy z auta, bo trzeba było zmienić koło.
Tata zaczął szperać po przestrzeni bagażowej
w poszukiwaniu lewarka. Nie wiedział, że wywaliłem
go ukradkiem przed wyruszeniem w drogę, by zrobić
miejsce na PODUSZKĘ.

Teraz mogliśmy już tylko wypatrywać pomocy.

Wreszcie jakieś auto zaczęło hamować. Lecz gdy
tylko znalazło się bliżej, ogarnęła mnie zgroza.

To był fioletowy van.

PIIIISK

Sądziłem, że Brodacz będzie próbował nas zmiażdżyć,
więc przygotowałem się na mordercze uderzenie. Ale
wtedy ktoś otworzył drzwi vana i ze środka WCALE
nie wyszli złodzieje.

Było jasne, że kimkolwiek są ci goście, chcą nam tylko
POMÓC.

Nie mówili jednak po angielsku i nie umieliśmy się z nimi porozumieć. Mama i tata, usiłując opisać, co nawaliło w aucie, musieli robić wrażenie słabych na umyśle.

A wtedy Manny wprawił WSZYSTKICH w zdumienie, przemawiając piękną hiszpańszczyzną.

Rozmowa Manny'ego z tymi facetami trwała dosyć długo. Młody najwyraźniej nie oszczędził im żadnych szczegółów.

No i dzieciak naprawdę dał czadu, bo kolesiom zrobiło się nas żal. Natychmiast zaproponowali PODWÓZKĘ. I wiecie co? Ich klima działała BEZ ZARZUTU.

Myślałem, że doholują nasze auto do mechanika czy coś w tym stylu, ale byłem w błędzie.

Cóż, należało liczyć się z tym, że jeśli MANNY gadanie weźmie na siebie, pojedziemy tam, dokąd ON chce jechać.

Niedziela

Jak wspominałem, mama miała rację. Świnie to mądre stworzenia. Nasza w tydzień nauczyła się czystości. Zna też już trochę sztuczek.

Jedyny minus sytuacji jest taki, że trudno teraz dorwać się do telewizora, bo prosiak opanował obsługę pilota.

Nie chcę jednak znów zostać ugryziony, więc jakoś
nauczę się z tym żyć.

Trochę czasu minęło, nim wszystko wróciło do
normalności. Tata musiał przedłużyć urlop, żeby
unieważnić stare karty kredytowe i wyrobić
kolejne.

A jutro rodzice pojadą po nowe prawa jazdy
i telefony.

Van ciągle jeszcze nie wyjechał z warsztatu. ŁÓDŹ natomiast podarowaliśmy facetom, którzy nam pomogli. To był pomysł mamy.

Choć nie wszystko poszło po naszej myśli, mama twierdzi, że była to jednak niezapomniana przygoda. Pisze artykuł, który zamierza wysłać do „Radosnej Rodzinki". Mam nadzieję, że go NIE wydrukują.

Mama siedzi też nad albumem z naszymi zdjęciami. Chce, żeby każdy dał jej do środka jakąś pamiątkę z podróży.

Zacząłem w tym celu przetrząsać brudne ciuchy,
a kiedy sięgnąłem po szorty, coś spadło na podłogę.

I był to KLUCZ od szafki w Zmokłej Kurze.

Trudno uwierzyć, że cały czas miałem go ze sobą.
Pomyliłem też numer. Chociaż było BLISKO.

Teraz, gdy klucz się odnalazł, przede mną niełatwa
decyzja. Zupełnie jak w książce z serii „Wybierz
swoją przygodę".

Wszystko wskazuje na to, że mam trzy możliwości.
1 – powiedzieć rodzicom prawdę i liczyć się
z konsekwencjami. 2 – wsadzić klucz do brudnych
rzeczy RODRICKA i zwalić winę na NIEGO.
3 – spuścić klucz w kibelku i zapomnieć o sprawie.

Jest także czwarta opcja, związana z prosiakiem, ale
wymaga DOPRACOWANIA.

Jak pamiętacie, ja zawsze dokonuję niewłaściwych
wyborów. Więc coś mi się zdaje, że i tym razem
SZCZĘŚLIWEGO ZAKOŃCZENIA NIE BĘDZIE.

PODZIĘKOWANIA

Dziękuję mojej cudownej rodzinie za nieustającą miłość i wsparcie.

Dziękuję wszystkim pracownikom wydawnictwa Abrams za to, że traktują każdą książkę o cwaniaczku, jakby była pierwszą. Wyrazy wdzięczności niech przyjmą zwłaszcza: Charlie Kochman, Michael Jacobs, Jason Wells, Veronica Wasserman, Steve Tager, Susan Van Metre, Jen Graham, Chad W. Beckerman, Alison Gervais, Elisa Garcia, Erica La Sala oraz Scott Auerbach.

Dziękuję zagranicznym wydawcom moich książek za to, że historie o Gregu znają dzieci na całym świecie. Ogromnie sobie cenię waszą przyjaźń.

Dziękuję Shaelyn Germain oraz Annie Cesary za to, że potrafią żonglować tyloma piłeczkami naraz.

Dziękuję Paulowi Sennottowi oraz Ike'owi Williamsowi za wszystkie bezcenne rady.

Dziękuję ludziom z Hollywood, którzy pomogli przenieść Grega Heffleya na duży i mały ekran. A w szczególności: Sylvie Rabineau, Keithowi Fleerowi, Ninie Jacobson, Bradowi Simpsonowi, Ralphowi Millero, Rolandowi Poindexterowi, Elizabeth Gabler i Vanessie Morrison.

Dziękuję również osobom z serwisu Poptropica, a przede wszystkim Jessowi Brallierowi.

O AUTORZE

Jeff Kinney jest twórcą serii książek *Dziennik cwaniaczka*, numeru jeden na liście bestsellerów „New York Timesa". Czterokrotnie zdobył Nickelodeon Kids' Choice Award w kategorii Ulubiona Książka. Jest jednym ze Stu Najbardziej Wpływowych Ludzi Świata w rankingu „Time". Stworzył również serwis internetowy www.poptropica.com. Dzieciństwo spędził w Waszyngtonie, a w 1995 roku przeniósł się do Nowej Anglii. Obecnie z żoną i dwoma synami mieszka na południu Massachusetts, gdzie w najbliższym czasie otworzy księgarnię.

Wydawnictwo NASZA KSIĘGARNIA Sp. z o.o.
02-868 Warszawa, ul. Sarabandy 24 c
tel. 22 643 93 89, 22 331 91 49
faks 22 643 70 28
e-mail: naszaksiegarnia@nk.com.pl

Dział Handlowy
tel. 22 331 91 55, tel./faks 22 643 64 42
Sprzedaż wysyłkowa
tel. 22 641 56 32
e-mail: sklep.wysylkowy@nk.com.pl   **www.nk.com.pl**

Książkę wydrukowano na papierze
Ecco-Book Cream 70 g/m² wol. 2,0.

Redaktor prowadzący *Joanna Wajs*
Opieka redakcyjna *Magdalena Korobkiewicz*
Redakcja techniczna *Joanna Piotrowska*
Skład i łamanie *Mariusz Brusiewicz*

ISBN 978-83-10-12868-3

PRINTED IN POLAND

Wydawnictwo „Nasza Księgarnia", Warszawa 2015 r.
Wydanie pierwsze
Druk: POZKAL, Inowrocław